守望灯塔

L I G H T
H O U S E
K E E P I N G

Jeanette Winterson

[英] 珍妮特 · 温特森 ——————— 著　　侯毅凌 ——————— 译

湖南文艺出版社
HUNAN LITERATURE AND ART PUBLISHING HOUSE　博集天卷
CS-BOOKY

献给德博拉·沃纳

感谢卡罗琳·米歇尔、玛塞拉·爱德华兹，
以及哈珀出版社的各位。
同时感谢菲莉帕·布鲁斯特、亨利·卢埃林·戴维斯、
蕾切尔·霍姆斯和佐薇·西尔弗。

目录
C o n t e n t s

温特森的灯塔守望者之歌

侯毅凌

珍妮特·温特森在《守望灯塔》中借人物之口说："天底下没有哪个故事可以从自己讲起，就像没有哪个孩子可以没有父母就降生到这世上。"这句话透露了温特森在"枯竭的文学"（The Literature of Exhaustion，美国作家约翰·巴思语）语境下对小说作为叙事艺术的认识，也在某种程度上暗示了这部小说的特点和性质。对于这样的叙述，我们不能期待一个单一的、线性的、有着水落石出般结局的故事。我们看到的是一种多声部、故事穿过故事、时间随着情感意识流动回旋的叙述，是一部糅合了魔幻现实主义、抒情诗、哥特式情调和童话寓言等多种风格的作品。从类型上看，它是一部采用了"流浪汉小说"（Picaresque Novel）形式的"成长小说"。

一

生下来就不知道父亲是谁的银儿在十岁的时候又失去了母亲，她和她的小狗被索尔茨小镇的灯塔看护人——一个"老得像独角兽"的瞎子普尤收留。在拉斯角的灯塔里，银儿一边给普尤当助手，一边听他讲述灯塔的历史和各种传奇故事。普尤告诉银儿，拉斯角灯塔自1828年建成以来就有个普尤在看灯塔，讲故事是看灯塔的传统，也是看灯塔的全部意义所在，只要有故事，灯塔就会闪光。

银儿与身世如谜的普尤在孤独的灯塔里相依为命，却过着童话般的愉快生活。他们煎咸肉、烤香肠、喝浓浓的"大力参孙"茶，把铜质的灯器擦得光亮可鉴，在海浪和风暴声中用故事温暖着自己的灵魂。然而，"进步"的橐橐足音震碎了这个脆弱的童话。北方灯塔管理委员会对拉斯角灯塔进行自动化改造的决定将老普尤和银儿抛出了他们的世界。

普尤悄然失踪后，银儿便开始了独自成长与寻找普尤的旅程。她在布里斯托尔偷了一本书，在意大利的卡普里岛偷了一只会说话的鸟，被心理医生诊断为"精神病：与现实失去接触"。在一座林间小屋里，她迎来了来自远方的神秘情人。银儿的旅程实际上是她寻找并讲述自己的故事的旅程。多年之后，银儿随一群观光游客回到了灯塔，她悄悄地独自留下，在厨房里生起炉火，沏了一壶二十年前的"大力参孙"，在夕阳中见到了神秘地出现在灯塔下的普尤和她的小狗。

然而，这并非故事的全部，这只是银儿叙述的故事，是小说最外层的叙述，它里面包含着另一个叙述者讲述的故事。这个叙述者就是"胳膊下面夹着一袋故事"的普尤。除了那些如同羽毛球被海上风暴抛到空中、像软木塞那样漂浮在水中的水手的故事外，他主要讲述了维多利亚时代一个名叫巴比·达克的牧师的双重生活。这个有着《红字》中丁梅斯代尔和《呼啸山庄》中希斯克利夫的影子的牧师，原本爱着一个漂亮性感的红发姑娘莫莉，却因多疑抛弃了她，娶了一个他不爱的女人。他性情暴戾，不但经常把他的妻子打得鼻青脸肿，而且曾打过他所爱的人，致使莫莉后来生下了一个瞎眼的女儿。数年之后，达克在带着妻子去伦敦参观大博览会时与莫莉邂逅，旧情复燃。他改名换姓与莫莉在布里斯托尔城外的一个地方每年秘密同居两个月。只有在这两个月里，他才"有生活、有爱，他个人的行星进入了沐浴着温暖阳光的轨道"。莫莉无法忍受他的双重生活，请求和他一起去法国开始新生活，但达克拒绝了她，再次背叛了他所爱的人。莫莉离开他后，达克悔恨交加，终于不堪感情折磨而带着他珍视的海马化石走进了大海。

这是一个故事中套故事的叙述结构。然而，这一结构并非一千零一夜式的单纯的故事套故事，温特森以她一贯喜欢的时空交错变换的非线性叙述手法，让普尤的达克故事以片段的方式跳跃穿插于银儿的现代叙述之中。"讲故事的方式一般都是有开头、有中间、有结尾，可这种方式在我这儿成了问题。"银儿在小说中这样告诉我们。这与其说是银儿的问题不如说是温特森的叙事策略。她在小说过了一半的地方借银儿之口说出了她对叙述的见解:"存在的连续叙述是一个谎言。从来就没有连续叙述,有的只是一个个被照亮的时刻,其余则是黑暗。"事实上,这部小说在讲述故事的同时也在讲述着讲故事本身,具有一定程度的"元小说"(Meta-fiction)的意味。譬如,我们还可以听到银儿或是温特森在小说的叙述过程中插入这样的声音:"从哪儿讲起呢?挑了最好的时间讲都这么困难,要是重新开头就更难了"或是,故事要"看我怎么讲"。白银(与银儿的名字是同一个词)"发出的光来自它自身95%的反射"也喻示了这一点。

　　以"元小说"的角度看,如何讲故事既是形式也是题材本身,但温特森似乎并不满足于元叙事这套吊诡的智力游戏(英文系出身的她想必知道,这毕竟已不再是像20世纪60年代和70年代时可以拿出来炫人眼目的时髦东西了),她在小说中把讲故事这一行为本身变成了一个意味深长的隐喻。普尤告诉银儿,看好灯意味着要知道"那些故事,那些我知道的和我不知道的"。银儿问:"我怎么可能知道连你都不知道的故事呢?"普尤的回答是"你自己去讲出来"。在另一段对话中,银儿要普尤讲"一个重新开始的"故事,普尤说:"那是生活的故事。"银儿问:"可它是关于我的生活吗?"普尤说:"只有你讲它,它才是。"可以看出,温特森要传达的意思是,讲故事意味着给混沌的生活赋予一个形态，一个生存经验得到自我观照、获得自主性的形态，就像她在书中借银儿之口所说的那样："你的故事，我的，他的。……在喋喋不休、含混不清的叙述中，尽管有平常的噪声，这故事还在等着被聆听。"普尤也告诉我们，在一次沉船的海难中，有个水手在海水里靠不停地讲故事而得以在七天七夜之后获救。在这里，故事甚至就是生命之光，像灯塔的闪光一样，它们照亮了生活的黑暗区域。作为隐喻，讲故事是生存的需求，对生活具有一种改变和救赎的力量。

二

在普尤的培养下，银儿终于学会了讲自己的故事。在小说中，银儿讲的故事是一本书、一只鸟、特里斯坦与伊索尔德以及会呼吸的林中小屋。这些故事都与爱和失落有关。爱是温特森作品中一再出现的主题之一，这显然与她的孤儿身世有很大关系。她在一次访谈中说过，她相信爱具有像死亡一样的巨大力量。和温特森一样，银儿也是个孤儿，这一身份从一开始就意味着爱的缺失和对爱的渴求。银儿在普尤那儿找到了爱，就像她告诉品契小姐的那样，认识普尤之后的"差别"在于有了爱。然而，在温特森的小说世界里，爱也是脆弱的，总是和失落的痛楚纠缠在一起。在《写在身体上》一书中，温特森这样问道：

"为什么对爱的衡量是失落？"

失去了母亲和普尤的银儿，内心也失去了平衡。她着魔似的爱上了一本书，爱上了一只会叫她名字的鸟，因为它们可以抚慰她的孤独，而她最终还是失去了它们。也许，银儿偷书偷鸟的行为的确显得有些怪诞，但我们在这怪诞的背后同时也看到了爱的失落造成的一个倾斜的内心世界。对此，银儿在小说的开头也有过说明："我一生下来就掉进了这个倾斜的世界里，而从此以后我也就过上了这种带着倾斜角度的生活。"银儿在不断的失落中终于明白，爱是无法占有的，重要的是去寻找爱以及对爱的记忆。"我所记得的是爱——全都是爱——对这条土路的爱、对这场日出的爱、对河畔一天的爱、对我在咖啡馆碰到的陌生人的爱。甚至是对我自己的爱。"我们可以看出，此时的银儿已经走出了孤独的阴影，对她来说，爱已不仅是贴身的关怀、恋人间的激情，还是对生活、对世界的拥抱。

小说的另一处，银儿这样说："我把爱看作一种自然的力量——像太阳的光一样强烈，是必需的，是不受个人情感影响的，是广阔无边的，是不可思议的，是既温暖又灼人的，是既带来干旱又带来生命的。爱一旦烧尽，这个星球也就死亡了。"在这段饶有诗情的话语中，我们可以看出《圣经》的影响，这与其说是出自银儿之口，倒不如说是温特森的激情布道之词。从某种程度上说，同样出生于1959年的银儿的确是温特森的化身，而银儿的第一人称叙述也给温特森的说教冲动提供了方便。实际上，这是温特森作品中（不仅是这部小说）既令人喜欢又招致非议的一面。不管是否是败笔，令人喜欢的理由也许是，这话虽然不像人物说的，但你还是喜欢有人把它说出来。温特森可能并不在乎，因为小说在她看来就是"艺术和谎言"。不管怎么说，我们在小说中看到的爱远不是个简单、空洞的概念，它与失落、背叛、恐惧、嫉妒、记忆、宽恕和激情等种种情愫交织在一起，被温特森写得性感而动人心怀。

三

像温特森以往的作品一样，这部小说也通过穿插《圣经》故事（参孙、巴别塔、大洪水）、中世纪浪漫传奇（亚瑟王的骑士与圣杯、特里斯坦与伊索尔德）和历史人物与事件（罗伯特·路易斯·斯蒂文森、达尔文、斯科特船长南极探险）等来衬托主题，更重要的是为主题的体现提供一种互文性语境，使复杂交织的主题含义得以被微妙地呈现。且以《圣经》故事的运用为例：普尤告诉银儿，讲达克的故事要先从参孙说起。这是普尤为了理解达克的故事所提供的一个语境。显然，普尤是同情达克的（其中一个原因也许与小说最后透露的普尤身世的真相有关：他是达克的真正后人）。在他看来，达克的悲剧如同参孙的悲剧一样，是女人毁了他，在达克背后飞短流长的索尔茨居民便是非利士人。然而，不管普尤让我们感到多么亲近，我们却很难完全认同他对达克故事的理解。如成熟后的银儿所说，普尤"只是普尤而已，……一个烤香肠烤得自己的皮肤像子弹壳一样厚的老人。他也是一座闪闪发光的桥，你走过去，回头看，它已经消失无踪"。银儿的话暗示我们，普尤在某种意义上是过去，是历史。

如果对小说的叙述形式多加留意，我们会发现，普尤的达克故事开头的一部分在引号里，而后面的大部分都没有引号，与银儿的叙述融为一体。这没有引号的部分可以说既是普尤的叙述也是银儿的叙述，确切地说，是银儿对普尤所讲的故事的复述。此外，在带引号的达克故事中，叙述视角是普尤的第三人称全知视角，在没有引号的达克故事中则变成了第三人称有限视角（莫莉的和达克的视角）。这种视角上的变换是耐人寻味的，意味着对达克故事的叙述由外在转入内在，也意味着暗含于叙述中的阐释意识被悄然引渡。银儿在对普尤的达克故事的再叙述中，不但讲了普尤所讲的故事，而且在普尤的故事中融入了自己的情感和意识。我们听到的是混合了银儿和普尤的声音，在这样的声音里，过去和现在发生了关系。普尤的达克故事在受到银儿的声音的干预后微妙地透露出一种新的现代意识，这种新的意识，也许就是温特森常被贴上的标签——"女性主义"意识。在这种意识的透视下，达克的悲剧不是因为毁于女人，而在于他不仅背叛了两个女人，还背叛了他自己。如此，《圣经》故事的语境便产生了一种反讽的意味。

四

小说不仅在叙述上体现出了多维性，还在主题上有同样的特点。爱，只是其中一个显在的主题。在爱的故事背后呈现主题其他维度的，是小说中一系列令人难忘的意象。首先是灯塔，它是"茫茫黑暗中的一个已知点"。"大海在不断地运动，而灯塔却绝对不动。没有摇摆，没有晃动，没有船和海洋的运动。"这很容易让我们想起弗吉尼亚·伍尔夫的灯塔，事实上，这样想也许正是温特森所期待的，因为她非但不否认伍尔夫对她的影响，而且曾声称自己是伍尔夫的文学继承人。如同伍尔夫的灯塔，小说中的灯塔也象征着一种高贵的精神、品质和人性的美，前者体现在拉姆齐夫人身上，后者则与普尤的形象重合："它立在那儿，有着普尤一样的身形，跟普尤一样静止不动，头上罩着云，看不见，但发出可以看见的光。"但神秘古怪的普尤毕竟不是拉姆齐夫人，温特森的灯塔也不像伍尔夫的灯塔那样具有一种完整统一的象征含义，它更像是灯镜，是多棱面的。小说中，灯塔是孤独的，它不仅代表着普尤和银儿的孤独，还代表着达克的孤独。灯塔是稳定而坚固的，但也是脆弱的，变革的潮水在腐蚀着它基座下面的岩石。灯塔是过去，也是未来，至少是银儿的未来。灯塔是故事，它"发出的每一道闪光都是一个个朝大海发送的故事，它们是航标，是指引，是安慰，是警告"。银儿的旅程是"到灯塔去"的旅程，但她也进入了灯塔里面。它是一个封闭的世界，里面的一切都"老掉了牙"。

海马是另一个重要意象。在小说中有一处，它和灯塔的意象重合在一起，"脆弱，难以理喻，但在波涛之中昂然自雄"。某种意义上，海马也是达克（莫莉私下称达克为"我的海马"），代表了他的欲望、渴求，或者说他的真实自我。作为生物化石的海马是"时间的脆弱英雄"，也是达克的"失落的时光的象征"。在深层含义上说，海马这一意象寄寓了温特森对时间的诗性思考。海马化石固然是时间的囚徒，但正因为被囚禁而得以保留。银儿说："普尤让我明白了一个道理，什么也没失去，一切都可以恢复，不是恢复到以前的样子，而是在变化的形式中。"可以说，时间就是"变化的形式"，因为一切都在时间之中。从这个意义上说，无论是银儿母亲的滑落还是达克走入大海并放走海马，都意味着回归于时间之中，在时间的深处化为记忆。

除了灯塔和海马之外，小说中的其他意象还有不断打开的门，落在身体里和水中的锚，象征恐惧和嫉妒的挂着破帆的船，有着历史魅影的"麦克劳德"号以及被称作"荒凉岩石"的月亮。这些意象散落在小说中，不断地重现，不仅表达着多重象征含义，而且在不同的情景中起到了表现情绪和烘托氛围的作用。譬如："灯塔上的灯一如既往地每四秒钟闪一次，他的身体服从了灯的节奏。"再看月亮：它"正在升起，圆满、清澈，像南极一样白"。达克看月亮时的感受："这骨白色、被漂白掉生命的月亮就是太阳系的遗物。"银儿读斯科特船长的日记时头脑中浮现的画面："不再受大地的束缚，他可以放飞他的狗。它们的颈毛被风拂起，像带着极地光晕的哈士奇那样，在地心引力下飞跑两英里后腾空而起，无拘无束，对着月亮吠叫。一半是野狼，一半是驯服的狗，奔向那个白色的星球，回它们的家……那白色的星球在它们橙色的眼睛中熠熠发光。"如此奇异诡谲的意象描写简直堪与柯勒律治诗中的意象相比。

五

温特森的语言向来是她的作品最吸引人、最为评论界和读者称道的一面，这部小说在这方面很具代表性。其实，上述有关意象的引文已使我们对此有所领略。《泰晤士报文学增刊》的书评中有如此评价："这是一部才华横溢的闪光之作，是那种叫你为其纯粹的语言之美发出惊异之声的作品。"

小说中语言之美的例子比比皆是。在灯塔里，"我们在坐下来之前，都得把黑暗赶一赶或是拨拉开。黑暗蹲在椅子上，像帘子那样挂下来覆盖在楼梯上"，"普尤在黑暗中烤香肠。不，他是用黑暗烤香肠，那是一种你能吃得出来的黑暗。那就是我们吃的东西：香肠和黑暗"。在写达克对莫莉的感受时有这样的文字："冬季的时候，她的火焰从外面沉落到里面，温暖着她巨大的厅堂，就像传说中的国王把太阳放进了壁炉。"伊兹拉岛上的一个清晨，银儿在她租住的房间里醒来，"我打开了百叶窗。阳光强烈得如同一场爱情"。随后，她来到屋外，"太阳像一群人，它是一场聚会，是音乐。太阳的光芒嘹亮地穿过一面面屋墙，敲打在石阶上。太阳击鼓般地把时间敲入石头，太阳在敲打着白天的节奏"。从这些例子中我们可以感受到，温特森的语言性感、富于诗意并且充满新奇的想象和童话般的质感。

　　小说中有这样一个细节：普尤在讲述达克的故事时提到，达克把月亮称作"太阳的苍白房客"，银儿惊异地问普尤："这话是他说的吗？"我们也许可以这样说，银儿的惊异差不多是温特森为这一诗意的比喻自我得意地故作惊异之问，仿佛在提醒读者的眼睛不能轻易地滑过这个比喻。如果是这样，我们当然可以会心一笑地说：这话是温特森说的。对于语言，温特森有着福楼拜式的执着，她追求每个词的精确和恰当。她认为，小说的语言不仅仅是传达意思，更重要的是能够释放内心深处的情感能量。因此，只有诗的语言才能做到这一点。在她看来，被电视肥皂剧和广告污染了的语言只能把人的情感表达变成一对冷热水龙头。

多变而有致的节奏和清晰的声音在这部小说的语言中也有充分的体现。据温特森在访谈中所说，她在写作时常常大声地把写下的部分念出来，"因为耳朵要比眼睛难以欺骗得多"。温特森的这种努力让我们在她的词句中感受到了它们自己的时间、波长、重量和速度。"我的生活是一连串的触礁和起航，没有到达，没有目的地。有的只是搁浅和触礁，然后是另一艘船，另一次潮汐。"读一读这样的句子，我们不难感受到海浪起伏的节奏。

温特森的文字还具有幽默、智性以及斯威夫特式的讥讽等特点。想一想银儿的那条前腿长后腿短的狗、她家那些"在下蛋的时候得靠嘴顶着地才能稳住"的母鸡，还有那个说"女性"一词的时候像揪着老鼠尾巴的品契小姐，我们都会忍俊不禁。

《卫报》有一位书评作者说，温特森"能够真正创造属于自己的神话"，《纽约时报》也有类似的评价，将她比为加西亚·马尔克斯（García Márquez）那样的作家。"有人说最好的故事是没有言辞的，这些人生来就不是为了看灯塔的。……我生来就是为了看灯塔的。"这是小说中银儿的话，我们也不妨认为这是温特森自己的宣称。

"记住，你总是要死的。"

——缪丽尔·斯帕克

"记住，你一定得活着。"

——阿里·史密斯

Lighthouse Keeping

第一章

两个大西洋

我母亲给我起名叫银儿。

我生来就是一半贵金属一半海盗的种。

　　我没有父亲。这没什么稀奇的，就是那些有父亲的孩子也常常见了他们就吃惊。我的父亲从海上来，又回那儿去了。有天夜里，海浪像黑玻璃似的撞击起来，一条渔船躲进港来，我父亲就在这条船上当水手。破裂的船让他在岸上待下来，这段时间足够他在我母亲的身体里落下锚。

　　成群成群的小不点儿抢着要活命。

　　而我赢了。

　　小时候，我住在一座盖在陡坡上的房子里。屋里的椅子都得钉在地板上，而且我们从来都不能吃意人利面。我们吃的东西都是能粘在盘子上的那种——比如肉馅土豆泥饼、炖牛肉、干酪调味饭，或者炒鸡蛋什么的。有一次我们想试着吃豌豆——天呐，别提有多狼狈了——到现在我们还时不时地会在屋子的角落里发现那些粘了灰的绿色豆子。

有些人在山坡上长大，有些人在山谷里长大，我们中的大多数人在平地上长大。我一生下来就掉进了这个倾斜的世界里，而从此以后我也就过上了这种带着倾斜角度的生活。

到了晚上，母亲把我放进吊床里，吊床是抵着坡度挂起来的。在黑夜的轻轻摇曳之中，我梦想着一个地方，在那里我不用跟自己的身体重量较劲儿。光是为了走到屋子的大门，我们母女俩就得用绳子拴在一起，像两个爬山的人那样。脚下稍稍一不留神，我们就会滑到山下躺着野兔的火车铁轨上。

"你不是爱出门的那种人。"母亲对我说，虽然这话和出门如此麻烦有很大关系。别的孩子出门时会听到大人随意地问一句："记着戴手套了吗？"而我听到的却是："你安全带上的扣子扣好了吗？"

我们干吗不搬家？

我母亲是单亲妈妈，没结婚就怀上了我。我父亲来找她的那天晚上，她的门没上锁。后来，她被送到镇子外面的山上去住，这样一来就出现了个怪怪的结果——从此她便低着眼睛瞧这小镇了。

索尔茨，我的故乡。一个海浪翻滚、岩石遭蚀，像沙滩边上的贝壳一样的小镇。哦，还有一座灯塔。

他们说，要知道一个人的生活是什么样子，只要看看他的身体。这话对我的狗来说确实不错。我的狗后腿比前腿短，因为它总是一头使劲往下蹬，另一头使劲往上爬。在平地上，它走起路来一蹦一跳，这让它添了几分欢快的模样。它不知道别的狗的腿向来都是一般长，假如它去想的话，它会想所有的狗都跟它一样。因此，它丝毫没有人类由于病态的自我反省而产生的痛苦，不会像人类那样对任何反常的事情心怀恐惧，或认为那是一种惩罚。

"你和别的孩子不一样，"我母亲说，"如果你无法在这个世界上生存，那你最好造出一个你自己的世界。"

她所说的我的那些古怪性格实际上是她自己的。她才是讨厌出门的人，她才是无法在她所得到的世界里生活的人。她希望我自由，却千方百计地不让这种情况在我身上发生。

不管喜欢不喜欢，我们俩就这样彼此拴在一起。我们是一对爬山的伙伴儿。

后来，她掉下去了。

事情是这样发生的。

那天，风大得能把鱼身上的鳍都刮掉。那是个忏悔节[1]，我们出门去买面粉和鸡蛋，好回来烤薄饼。我们曾经养过几只下蛋的母鸡，可下的蛋全都滚跑了。这世界上只有我们家的母鸡在下蛋的时候得靠嘴顶着地才能稳住。

那天我很兴奋，因为在我们这样的屋子里，翻烤饼的活儿可以做得特别好——炉子下的陡坡使得烤饼时的铲动、翻抖这套动作变成了一种爵士舞。我母亲一边烤着饼一边跳着舞，她说那样有助于她保持平衡。

她正在往上爬，身上背着买的东西，后面拽着我，就像拽着一个后来才添上的东西。肯定是有个什么新的念头搅了她的心思，因为她突然停下，身子转过一半来，那一刻，风刮得像是在尖叫，而她的尖叫声随着她的滑落消失了。

就在一瞬间，她从我身旁掉下去了。我抓住了一种带刺的灌

---

1. 又称赦罪节，在英国指大斋节（Ash Wednesday）开始的前一天，基督徒在这一天前往教堂忏悔，求得赦罪。忏悔节那天人们有烤薄饼的风俗。

木——我想是鼠刺吧，这种长在海边的灌木经受得住海盐的腐蚀和强劲的海风。我能感觉到抓在手里的灌木的根正在慢慢出来，就像一个墓穴正在打开。我把鞋往沙土坡里踢，可就是踢不进去。我们俩眼看着都要掉下去了，从坡上掉到一个漆黑无光的世界里。

我快抓不住了，我的手指在流血。接着，就在我闭上眼睛准备就这么掉下去的时候，我后面的所有重量似乎一下子消失了。灌木不动了，我拽着它把身子往上提了提，脚下也使劲蹬着往上爬。

我朝下面看去。

我的母亲不见了。绳子松松地搭在岩石上，我一边伸出胳膊将绳子往上收，一边大声地喊："妈妈！妈妈！"

绳子越收越快，把我的手腕磨得火辣辣地疼。不一会儿，绳子上的保险扣出现了，接着是安全带。为了救我，她解开了自己的安全带。

十年前，我穿越空间找到她身体里的通道，从那里来到了这个世上。现在，她穿越了她自己的空间，而我却不能跟着她去。

她走了。

索尔茨有自己的风俗。大家发现我母亲死后留下我孤孤单单一个人，就开始谈论该怎么安置我。我没有什么亲戚也没有父亲，没有人给我留下钱，没有什么是属于我自已的东西，除了一座地面倾斜的房子和一条前后腿不一般长的狗。

最后，大家表决同意由学校老师品契小姐来管我的事，因为她常常和孩子们打交道。

在我变得无依无靠、孤身一人的凄凉的第一天，品契小姐和我一同去房子里拿我的东西。其实也没什么东西好拿——主要是狗的饭盆、一些狗粮和一本《科林斯世界地图册》。我还想拿一些我母亲的东西，可品契小姐认为那样做**不明智**，尽管她没有说为什么不明智，或者为什么明智能让任何事情变得更好。之后，她锁上了屋子的大门，把钥匙放进了她那只样子像棺材的手提包里。

"到你二十一岁的时候，钥匙会还给你。"她说。她说起话来总跟保险单似的。

"在那之前，我住哪儿去啊？"

"我会找些人家问问，"品契小姐说，"今天晚上你可以和我去栅栏街住在我家。"

栅栏街上是退到镇上主道之外的一排房屋，砖色发黑，上面有海盐的痕迹，门窗的漆已经剥落，铜门环上生了绿锈。这些房子曾经是镇上做生意的富裕人家的宅子，但索尔茨有富裕人家已经是很久远的事了。现在，这里所有的屋子都被栅栏围了起来。

品契小姐的屋子也被围上了栅栏，因为她说她不想把小偷招来。

她费劲地拉开了屋子大门外被雨水浸得又涩又重的栅栏门，接着又打开了门上的三重锁，然后才带我进了黑暗的门厅，反身把门闩好。

我们进了她的厨房，她没问我是不是要吃东西就给我端来了一盘腌鲱鱼，她给自己煎了个鸡蛋。我们一声不吭地吃了起来。

"你就睡在这里。"吃完饭后她对我说。她把厨房里的两把椅子拼了起来，在其中的一把上面放了个垫子。然后，她从橱柜里拿出了一条鸭绒被——是那种被子外面的鸭绒比里面多，而且只有一只鸭子的羽绒的鸭绒被。从被子的凹凸不平来看，我想里面恐怕是塞了整只的鸭子。

就这样，我躺在鸭子的绒毛、鸭子的脚、鸭子的嘴、玻璃般的鸭子眼睛和鸭子的翘尾巴下面，等待着黎明的到来。

我们是幸运的，即便我们之中最倒霉的也是幸运的，因为黎明总是会来。

这种事情只能登告示。

品契小姐在一大张纸上写下了我的详细情况，把它贴到了教区的布告栏上。有同情心的人都可以收养我，提出申请后，教区委员会将仔细审查他们的条件和背景状况。

我去看了告示。正下着雨，布告栏前面没有别的人。告示上没有任何地方提到我的狗，于是我就自己在纸上写了个东西，把它用针别在我的启事下面：

有一条狗。品种：小猎狗。

棕色和白色的粗毛皮。

前腿长八英寸[1]，后腿长六英寸。

不能分开。

贴上后我又担心起来，怕有人会以为是狗的前后腿不能分开，而不是它和我不能分开。

"你不能把你的狗强加给别人。"品契小姐站在我后面对我说，她抱着胳膊，长长的身子像一把收起来的伞。

"那是我的狗。"

"是你的狗，可你又是谁的？这个我们现在还不知道，但不是所有的人都喜欢狗。"

---

1. 英制中的长度单位。1 英寸 =2.54 厘米。

品契小姐是达克牧师的直系后人。实际上有两个达克——一个曾经住在这里，也就是达克牧师，另一个死也不愿住在这里，他是达克牧师的父亲。我们现在说的是第一个达克，待会儿会说到另一个达克。

　　达克牧师是索尔茨镇出过的最有名的人物。1859 年，也就是我出生的一百年前，查尔斯·达尔文出版了他的《物种起源》，这一年，他来到索尔茨拜访达克牧师。说来话长，就像世上的大部分故事那样，这故事也没个完。虽说这故事有结尾——每一个故事总是有个结尾的——但这故事在结尾之后并没有结束——而故事总是这样的。

　　我想这故事是从 1814 年开始的，那年北方灯塔管理委员会得到了一项议会法令的授权，法令允许委员会"在苏格兰海岸及诸岛的某些必要之地额外建造灯塔并予以维护"。

　　苏格兰大陆的西北角是一片空旷的荒野之地，在盖尔语里叫作"安姆帕尔泊"，意思是"转折点"。至于它是转向哪儿或是转离哪儿，那就不清楚了，也许它意味着很多东西，包括一个人的命运。

　　彭特兰湾[1]与明奇海峡[2]在这里交汇，西边可以看到刘易斯岛，

---

1. 在英国苏格兰北端和奥克尼群岛之间。
2. 又称"北明奇海峡"，将苏格兰大陆与外赫布里底群岛分隔开。

东边是奥克尼群岛，往北就只有大西洋了。我说"只有"，这又是什么意思呢？意思多了，包括一个人的命运。

故事现在开始了——或者说开始于1802年，这一年发生了一场可怕的海难，船上的人像一只只羽毛球一样被抛到空中，再掉进海里。一开始，他们像软木塞那样漂浮在水中，海面上只看得见他们的脑袋，但没多久他们就像肿胀起来的软木塞那样沉了下去。这种时候，他们满船的货物和他们的祈祷一样，对逃生毫无用处。

第二天，太阳出来了，照在船的残骸上。

英国是个沿海国家，存在于伦敦、利物浦和布里斯托尔的巨大商业利益要求在这儿建造一座灯塔，但费用和规模都太大了。为了保护"转折点"，需要在拉斯角[1]建起一座灯塔。

拉斯角。它在航海图上的位置是北纬58度37.5分，西经5度。

你瞧这拉斯角——它的岬角有三百六十八英尺[2]高，荒凉、峭拔、匪夷所思。这里是海鸥和梦境的栖息地。

---

1. 苏格兰大陆西北端的海角。
2. 英制中的长度单位。1英尺=0.3048米。

有个叫乔西耶·达克的人——你瞧，我们说到他了——他是布里斯托尔的一位有钱、有名望的商人。这个达克是个小个子，人很活跃，性子有些急，以前从没来过索尔茨，在他来到这里的那一天，他发誓说再也不会来第二次。他更喜欢悠闲富裕的布里斯托尔，在那里可以泡咖啡馆，跟人聊天。而索尔茨只是个给守灯塔的人和他的家人提供柴米生活的地方，也是建造灯塔的时候出劳力的地方。

于是，尽管是一肚子的牢骚和老大不情愿，达克还是在镇上仅有的一家名叫"海雀"的客栈里住了一个礼拜。

这间客栈不是个舒服的地方，风在窗子上呼呼作响，吊铺的价钱是床的一半，而床的价钱是睡一晚好觉的两倍。吃的东西有山羊肉，味道像烂木头；或者是鸡肉，老得跟地毯似的。要说这鸡，它还是自己飞进来的呢，在厨子后面咯咯地叫个不停，而厨子很麻利地拧断了它的脖子。

乔西耶每天早上喝啤酒，因为在这个不开化的地方没有咖啡。喝完啤酒他就把自己裹得严严实实，像个秘密一样，然后动身去拉斯角。

岬角上到处都是海鸥、海雀、暴风鹱和海鹦，远处是克罗摩海崖[1]。他想起了他的船，那条沉入黑咕隆咚的海里的华丽的船。他

---

1. 位于苏格兰北部海岸，是英国最高的海崖，高 920 英尺。

又想起了他没有继承人。他和他老婆没生下儿女，医生很遗憾地告诉他们，不可能有孩子了。可他一直渴望有个儿子，就像他曾经渴望发财一样。为什么当你没钱的时候钱比什么都重要，而当你钱太多的时候它又变得毫无意义呢？

还是让我们把话拉回来吧。那么，这故事是从1802年开始的，或者真正开始的时间应该是1789年吧。那一年，一个小个头却有着火热性子的年轻人通过布里斯托尔海峡把一批火枪偷运到了兰迪岛，那里有法国大革命的支持者接收这批火枪。

他曾经是相信这一切的，也许在某种程度上他的信念还在，而他的理想主义竟然让他发了财，虽然这并不是他的初衷。一开始，他只是想和他的情人逃到法国，生活在那个新生的自由共和国里。他们会富有起来，因为所有的法国人都会富有起来。

可当血腥的屠杀开始后，他讨厌起这一切来。他不是怕打仗，可所有那些慷慨之词和高尚的激情不是为了这个啊，不是为了这血流成海的恐怖啊！为了逃避他自己的感情，他加入了一条开往西印度群岛的商船，回来的时候他已经拥有船上财宝百分之十的份额了。打那以后，他做的每一件事都让他变得越来越富有。

如今，他在布里斯托尔有了最好的房子，有个可爱的妻子，但没有孩子。

当他像个石柱一样一动不动地站在那儿的时候，一只很大的黑色海鸥落到了他的肩膀上，爪子紧紧地抓着他的羊毛外套。他一动也不敢动，脑子里瞎想着这只鸟会像传说里的老鹰抓孩子那样把他带走。突然间，这只鸟张开它巨大的翅膀，径直向海上飞去，爪子直直地伸在后面。

回到客栈后，他一声不吭地吃起饭来，安静到客栈老板娘忍不住问他是怎么回事。他告诉了她那只鸟的事，老板娘对他说："那鸟是个兆头，你得在这里建造一座灯塔，就像别的人盖教堂那样。"

可造灯塔得先得到议会法令的许可。不久，他的妻子死了，于是，为了平息心中的悲伤，他出去旅行了两年。后来，他遇到了一位年轻的女人，爱上了她。很长时间过去后，造灯塔的石头终于垒起来了，这中间已经过去了二十六年。

灯塔是1828年造好的，也是这一年，乔西耶·达克的第二个妻子生下了他们的第一个孩子。

说真的，不仅同年，还是同一天呢。

这座白色的灯塔用的是手工打磨的石头和花岗岩，高六十六英尺，在拉斯角上它高出海平面五百二十三英尺，总共花了一万四千英镑。

"为了我的儿子。"当灯第一次点亮的时候乔西耶·达克这么说。而就在那会儿，布里斯托尔那边的达克太太感觉到羊水破了，随后，倏溜一下出来了一个浑身发青的小男孩儿，眼睛黑得像海鸥。他们给他起了个名儿，叫巴比，是从巴别塔[1]那儿来的。有人说给孩子起这么个名儿有点儿怪。

拉斯角上的灯塔自建好以后一直是由普尤家的人在看护。这份差事一代代地传了下来，虽然现在的普尤先生看起来像是要把这份差事永远干下去。他已经老得像独角兽了，大家都怕他，因为他不像他们。人总爱跟与自己长得像的凑在一块儿，反正像了就喜欢，不管他们对不像是怎么个说法。

可有些人就是长得跟别人不一样，这没什么好说的。

我长得像我的狗，鼻子尖尖的，毛带着卷儿。我的前腿比我的后腿短——也就是说，我的胳膊比我的腿短，这倒和我的狗形成了一种对称，因为它也是前后腿不一样长，只不过跟我正相反。

我的狗有个名儿，叫狗狗吉姆。

我把狗的照片贴到了布告牌上我的照片旁边，每当有人路过布告牌停下来仔细看我们的启事的时候，我就躲到一簇灌木丛后面。他们看了都觉得我们可怜，可又都摇头说："唉，我们要她有什么

---

1. 根据《圣经》，挪亚的后代拟在巴别城中建造一座通天塔，上帝怒其狂妄，责罚建塔的人各操不同的语言，使其彼此不能交流，通天塔因此终未建成。

用呢？"

看起来没有人能想得出我有什么用。当我回到布告牌前想加上点儿让别人对我有信心的话时，我又发现想不出自己有什么用。

沮丧之下，我带上狗出去走，不停地走，沿着岬角的悬崖边缘朝灯塔走去。

品契小姐真是教地理的高手——虽然她从来没有离开过索尔茨。听她描述一个地方，你是无论如何也不会想去那儿的。我脑子里背诵起她上课时讲的关于大西洋的一段话来……

大西洋是一个危险和变化莫测的大洋。它是世界第二大洋，从北极向南呈"S"形延伸到南极地区，西邻北美洲和南美洲，东边是欧洲和非洲。

北大西洋和南大西洋以赤道逆流分界。在纽芬兰岛附近的大浅滩，常常有浓雾，因为那里是墨西哥湾暖流和拉布拉多寒流交汇的地方。大洋西北部的冰山从五月到十二月始终是个威胁。

危险，变化莫测，威胁。

品契小姐眼里的世界。

但是，三百年来，人们在这充满危险的大洋的海岸和海角上建起了一连串的灯塔。

　　瞧瞧这座吧，花岗岩造的，坚硬、稳固，一如我们提起大海的时候说海是流动的、无常的一般。大海在不断地运动，而灯塔却绝对不动。没有摇摆，没有晃动，没有船和海洋的运动。

　　此时，普尤正透过雨迹斑斑的玻璃盯着窗外看。他是一个沉默、不苟言笑的人。

　　几天以后，我们在栅栏街吃早餐——我吃的是没抹黄油的烤面包片，品契小姐的早餐是烟熏鲱鱼和茶。品契小姐让我吃完后赶紧梳洗一下，穿好衣服，收拾好我所有的东西。

　　"我要回家了吗？"

　　"当然不是——你没有家。"

　　"但我不在这儿住了，是吗？"

　　"是的。我的屋子不适合孩子住。"

　　你不得不尊敬品契小姐——她从来不撒谎。

　　"那我要去哪儿？"

　　"普尤先生提了个建议，说可以收留你跟着他照看灯塔。"

　　"我要做些什么事情呢？"

“我不知道。”

“要是我不喜欢，可以回来吗？”

“不可以。”

“我可以带上我的狗狗吉姆吗？”

“可以。”

她最不喜欢说“可以”。她是那样一种人，凡是“可以”，都意味着承认有愧疚或是失败，“不可以”则是权力。

几个钟头以后，我站在风很大的码头上，等着普尤把我接到他那条破破烂烂、涂着柏油的鲭鱼船上。我以前从来没进过灯塔里面，我也只是在普尤颤颤悠悠地从小路上来到镇上领取日用品的时候才见过他。我们的小镇和灯塔已经不再有太大的关系了。索尔茨不再是从前的港口了，那时候，过往的船都会在这儿停靠下来，水手们上岸取暖，找吃的，找女人。现在索尔茨早就成了一个没有生气的小镇。它曾经有过自己的风俗和历史，可到了后来，一切都变得死气沉沉。好多年前，查尔斯·达尔文曾经说它是一个“化石镇”，可他那样说当然是出于别的理由。它也的确是化石，海水盐化了它、保存了它，可同时也摧毁了它。

普尤坐着船靠了过来。他那没形没样的帽子遮住了他的脸，他掉光了牙的嘴成了个扁槽，他的手干枯发紫。别的，就看不见什么了。他勉勉强强算有个人样儿。

狗狗吉姆汪汪地叫了起来。普尤一把抓住它的脖后根儿，把它扔到了船上，然后他打了个手势，让我先把包扔到船里再上船。

船尾的小马达使我们一颠一颠地行驶在绿色的海波上。我的身后，正在变得越来越小的是我们那座倾斜的房子，是它把我们扔了出去，我的母亲和我。也许是因为我们从来就不该在那儿。我回不去了，只有朝前去，朝北进入大海，前往灯塔。

普尤和我慢慢地爬着盘旋而上的楼梯，来到航标灯下面的住处。灯塔自建成以来，里面的一切都没变过。每个房间里都有烛台，还有乔西耶·达克放在那儿的《圣经》。普尤给了我一个小小的房间，它有个小窗，里面的床只有抽屉那么大。这倒无所谓，反正我的身子不比我的袜子长多少。狗狗吉姆就只有哪儿能睡睡哪儿了。

我的房间上面是厨房，普尤在那里的一个敞开的铸铁炉子上烤香肠。厨房上面就是航标灯了，一个巨大的玻璃眼睛，有着独眼巨人的目光。

我们要做的事情是点亮灯，可我们却生活在黑暗中。航标灯得一直亮着，其余的地方就没必要照亮了。黑暗如影随形，这成了一种常态，我的衣服被黑暗镶了边。当我戴上油布防水帽的时候，帽檐在我的脸上留下黑影。当我在普尤给我临时搭起来的镀锌小隔间里站着洗澡的时候，我在黑暗中给我的身子抹肥皂。把手伸进抽屉里去摸小勺的时候，你首先感觉到的就是黑暗。去碗橱里找"大力参孙"的茶罐时，橱洞就跟放在它里面的茶一样黑。

我们在坐下来之前，都得把黑暗赶一赶或是拨拉开。黑暗蹲在椅子上，像帘子那样挂下来覆盖在楼梯上。有时，它会变成我们想要的东西的形状：一只平底锅、一张床、一本书。有时，我看见我的母亲，她幽暗无声，朝我飘落下来。

黑暗就在你身边。我学着在黑暗中看，学着透过黑暗看，学着看我自己的黑暗。

普尤不说话。我不知道他人好不好，也不知道他打算让我做什么。他到现在都是一个人过。

在那儿的第一个晚上，普尤在黑暗中烤香肠。不，他是用黑暗烤香肠，那是一种你能吃得出来的黑暗。那就是我们吃的东西：香肠和黑暗。

我又冷又累，脖子也疼。我想睡觉，一直睡下去，再也不醒来。我已经失去了我熟悉的那点儿东西，这里的一切都是属于别人的。

也许，如果我心里的东西还属于我自己，事情倒也没什么大不了的，可是我的心也没有着落。

　　有两个大西洋，一个在灯塔外面，一个在我心里。
　　我心里的大西洋没有航标灯。

讲故事的方式一般都是有开头、有中间、有结尾，可这种方式在我这儿成了问题。

　　我现在已经有几个选择了：我可以从我出生的那一年——1959年讲起；可以挑拉斯角灯塔建成的那一年，也就是巴比·达克出生的那一年——1828年；我也可以挑乔西耶·达克第一次来到索尔茨的那一年——1802年；或者是乔西耶·达克把武器偷运到兰迪岛的那一年——1789年。

　　或者，挑我住到灯塔里去的那一年——1969年，也就是"阿波罗"号登月的同一年？

　　我对那一年特别有感情，因为我感觉自己也登上了月亮，那块夜里闪着光芒、不为人知的荒凉岩石。

　　月亮上有个男人，地球上有个婴儿。每一个婴儿都是第一次在这里插上他们的旗帜。

那么，我的旗子就在那儿——1959 年，那一年的某一天，地心引力把我从母舰里吸了出来。我母亲持续分娩了八个小时，她的腿在空中分开着，像是在时间中滑雪。我漂过一个个没有标记的月份，在我那毫无重力的世界里慢慢转动。是光让我醒来，一种不同于我所熟悉的柔和银色和夜红色的光。那光将我召唤出来——在我记忆中那是一声啼哭，你可能要说，那是我的哭声，也许是的，因为婴儿自己意识不到生命。那光**就是**生命。光对植物、河流、动物、季节和转动的地球意味着什么，这光就对我意味着什么。

当我们在埋葬我母亲的时候，有一部分光从我心里消失了。因此，我似乎就应该去那样一个地方住，在那里，所有的光都向外照，没有一点儿留给我们。普尤是个瞎子，所以这对他无所谓。我也已经迷失，所以这对我也无所谓。

从哪儿讲起呢？挑了最好的时间讲都这么困难，要是重新开头就更难了。

闭上眼睛再挑个日子吧：1811 年 2 月 1 日。

这一天，一个名叫罗伯特·斯蒂文森的年轻工程师建造了贝尔礁上的灯塔。这不仅是灯塔历史的开始，也是一个王朝的开始，因为在当时人们就管"灯塔"叫"斯蒂文森"。到 1934 年的时候，他们已经建了好几十座灯塔。整个斯蒂文森家族，兄弟、儿子、侄子、堂兄堂弟，都投入到了灯塔的建造中。一个退休，另一个立刻顶上来。他们是看护灯塔的博尔贾家族 [1]。

当乔西耶·达克在 1802 年来到索尔茨的时候，他有这样一个梦想，但没有人去造。斯蒂文森当时还是个学徒——他四处游说，满怀激情，但手里没权，也没有什么成功的记录。他最先是在建造贝尔礁灯塔的时候当助手，后来慢慢接管了这个工程，当时，这项工程被誉为"世界现代奇迹"之一。自那以后，大家都想请他造灯塔，甚至在没有海的地方。他变成了一个有名的时髦人物，名声总是管用的。

乔西耶·达克找到了他要找的人，来造拉斯角灯塔的人将是罗伯特·斯蒂文森。

任何一种生活都会有曲折变故。虽然斯蒂文森家的人本来都应该是去造灯塔的，但他们中有一个逃脱了，就是那个斯蒂文森。在他出生的时候，乔西耶·达克的儿子巴比不知怎么来到了索尔茨，好像这儿是个什么圣地似的，而且还在这里当上了牧师。

---

1. 定居意大利的西班牙世袭贵族家族，在 15—16 世纪出过两个教皇和许多政治及宗教领袖。

1850 年——巴比·达克第一次来到索尔茨。

1850 年——罗伯特·路易斯·斯蒂文森出生于一个富裕的土木工程师世家——带了注解的传记如此直白地告诉我们——后来，他写了《金银岛》《绑架》和《化身博士》。

斯蒂文森家族和达克家族差不多算是亲戚，事实上他们也的确有关系，不是血缘上的，而是他们都极不安分，总是强烈地渴望着什么，有这种秉性的人往往能够出人头地。这两个家族因为一个建筑而产生了关联。罗伯特·路易斯到这里来，是因为凡是他们家造的灯塔他都要去看看。他曾经说过："只要一闻到海水的味道我就知道，我离我先人的创造不远了。"

1886 年，罗伯特·路易斯·斯蒂文森来到索尔茨和拉斯角，遇见了临死前的巴比·达克。有人说是达克和围绕着他的那些传闻给了斯蒂文森灵感，让他构思出了《化身博士》的故事。

"他是个什么样的人啊，普尤？"

"你说谁，孩子？"

"巴比·达克。"

普尤吸了吸烟斗。对普尤来说，凡是要想的事都得先经他的烟斗吸一吸。他把词语吸进去，好比别人往外吹泡泡一样。

"他是这里的顶梁柱。"

"这是什么意思？"

"你知道《圣经》里参孙的故事吧。"

"不知道。"

"那你就没受过真正的教育。"

"你给我讲故事干吗非得从另一个故事讲起呢？"

"因为天底下没有哪个故事可以从自己讲起，就像没有哪个孩子可以没有父母就降生到这世上。"

"我就没有父亲。"

"你现在连妈也没了。"

我哭了，普尤听到后为自己刚才说的话感到内疚，因为他摸了摸我的脸，感觉到了我的眼泪。

"那又是另一个故事了，"他说，"如果你把自己当作故事来讲，也许感觉就没那么糟糕了。"

"给我讲个故事吧，这样我就不觉得孤单了。给我讲讲巴比·达克吧。"

"那得先从参孙说起，"普尤说，他不愿意就此罢休，"因为参孙是天底下最强壮的男人，可是一个女人毁了他。他被毒打，两只眼睛被弄瞎，身上的毛发也被剃光，就像一头公羊，可他站在两根大柱子之间，用尽全身最后的力气把它们推倒。你也可以说参孙是大伙儿中的两根柱子，因为凡是暗算他的人最后自己也遭到了报

应 [1]。这就是发生在达克身上的事情。"

"故事要从 1848 年的布里斯托尔说起。当时的巴比·达克二十岁，长得一表人才，又是有钱人家出身，跟当地所有的绅士一样。他很招女人喜欢，可他偏偏去剑桥念了神学。所有人都说他会娶个殖民地的富家女，将来再接过他父亲的生意，继续做海上运输和贸易。

"事情本来应该是这样的。

"布里斯托尔城里住着一位漂亮姑娘，当地人都认识她，因为她长了一头红发和一双绿色的眼睛。她父亲开了个店铺，巴比·达克常常去那里买扣子、丝带、丝手套和领带之类的东西。我刚才说过，他有那么点儿花花公子哥的意思是不是?

"有一天——就像今天这样，没错，就像今天这样，太阳很好，街上人来人往，空气清爽得就像一杯美酒——巴比走进了莫莉的店

---

1. 参孙（Samson）是《圣经》中的以色列英雄。他出生时，上帝派天使向其母亲嘱咐不要给儿子剃发，因为他将成为"离俗者"，受上帝之命负起拯救以色列民族的责任。参孙因而从小蓄发，臂力过人，勇猛异常。长大以后，参孙娶了一位非利士女子，因在婚礼上受辱从此与非利士人结下仇怨。在非利士人抢走他的妻子后，参孙杀死了很多非利士人。后来，参孙又娶了一位非利士女子为妻。非利士人利用她探知参孙力大过人的秘密在于他长期蓄发不剃，于是便趁参孙酣睡之际剃去他的头发。参孙失去神力后，被非利士人擒住并挖去双眼，受尽折磨。在非利士人举行祭奠之日，参孙被拉到大殿戏弄。参孙此时已长出长发，恢复了神力。他发力推倒了大殿的两根大柱，大殿顿时倒塌，参孙与非利士人同归于尽。

铺，花了十分钟的工夫挑选做马裤的料子，一边挑一边偷偷地看莫莉，直到她接待完那个来买手套的杰索普家的女孩。

"铺子里一没了别人，巴比就转身来到柜台前，要莫莉拿很多很多的丝带给他看，多得都能给一条船挂上帆。当他买下所有的丝带后，他又把它们推回给莫莉，一下子亲到她的嘴唇上，邀请她去参加一个舞会。

"她是个害羞的姑娘，而巴比当然是码头这一带最英俊、最有钱的小伙子了。一开始她不答应，接着又说行，接着又说不行。最后她数了数所有的'行'和'不行'，结果是'行'的数目稍稍多了点儿，这样，她算是接受了巴比的邀请。

"巴比的父亲也没有反对，因为老乔西耶不是个势利眼，法国大革命那阵子，他自己的第一个情人就是个码头姑娘。"

"什么是码头姑娘？"

"就是帮忙收拾渔网和打上来的鱼，或者帮上船的人提提行李、打打杂的姑娘。到了冬天，她们把船帮上的海贝刮干净，在开裂的船板上画出标记，好让船夫在那些地方涂柏油。那么，就像我刚才说的那样，没有什么妨碍他们俩约会，只要他们自己愿意。事情就这么继续着。后来，就听人说——这都是传闻，从来也没被证实过。有人说莫莉发现自己怀上了孩子，可孩子却没有合法的父亲。"

"就像我一样？"

"是的，像你一样。"

"孩子的父亲一定是巴比·达克。"

"他们都这么说，莫莉自己也这么说，可巴比说不是，说他不会也不可能做这种事。莫莉家的人要巴比娶莫莉，连乔西耶也把儿子叫到一边，对他说不要像个胆小怕事的傻瓜那样丢人现眼，要他敢作敢当，把那姑娘娶进门。乔西耶说他心甘情愿为他俩掏钱买一座漂亮的房子，并且马上把生意交给儿子。可巴比拒绝了这一切。

"那年九月他回到了剑桥，当他回来过圣诞的时候，他宣布自己打算当牧师。他穿了一身灰色的衣服，见不着他那鲜艳的背心和红色的皮靴了。他身上只有一样东西是他以前佩戴过的，那就是一个镶着红宝石和绿宝石的别针，是他在和莫莉·奥罗克开始交往的时候花了好多钱买的。他也送了莫莉一个一模一样的别针来配她的衣服。

"巴比的父亲听儿子这么说很烦恼，他绝不相信事情就这样算了，于是他想方设法要讨个好一点儿的结局，为了这个，他把主教都请过来吃饭，想替儿子谋个好职位。

"可巴比不答应。他要去索尔茨。

"'索尔茨？'他父亲说，'那块被上帝抛弃的海上大石头吗？'

"可在巴比看来，这块大石头是他的童年。确实，他小时候在下雨天最喜欢做的事情就是翻看罗伯特·斯蒂文森画的册子，里面画着灯塔的底座、柱子、看护人住的房间，特别是还有灯的棱镜图。他父亲以前从来没带他去过那里，现在他觉得很遗憾。要是当初能在海雀客栈待上一个星期的话，一辈子就算不白活。"

"就这样，在那个刮着大风、阴冷潮湿得叫人心烦意乱的一月，巴比·达克带着两个箱子上了一条从布里斯托尔出发途经拉斯角的快帆船。

"当时有很多好心人去给他送行，可莫莉·奥罗克没去，因为她到巴斯[1]生孩子去了。

"海浪在船边撞碎，像是在发出警告，但船还是稳稳当当地开出去了，慢慢地在我们的视线中变得模糊起来。全身裹在黑色中的巴比·达克站在船上，看着他的过去，看着那将永远离他远去的过去。"

"他后来一直都住在索尔茨吗？"

"可以说是，也可以说不是。"

"可以这么说吗？"

---

1. 英格兰西南部的一座市镇，在布里斯托尔港的东南面，以乔治王朝的建筑和温泉而著名。温泉是公元 1 世纪古罗马人开凿的，是一处颇受上流社会青睐的疗养胜地。

"是的，就看你是在讲哪个故事了。"

"告诉我吧！"

"先给你讲这个吧——你知道达克死后他们在他的抽屉里发现了什么吗？"

"告诉我吧！"

"两个镶红宝石和绿宝石的别针。不是一个，是两个。"

"他怎么会有莫莉·奥罗克的别针呢？"

"没人知道。"

"一定是巴比·达克杀了她！"

"是有这么个说法，而且还不止这些呢。"

"还有什么？"

普尤向我凑近身子，他的防水帽帽檐碰到了我的帽檐。我感觉到他说的话就贴在我脸上。

"他们说达克和她的关系从来没断过，说达克偷偷地跟她结了婚，用另外一个名字和她在一个偏僻隐蔽的旅馆约会。还说有一天当他俩的秘密险些传出去的时候，他杀了莫莉和其他一些人。"

"可当初他干吗不和莫莉结婚呢？"

"没人知道。哦，当然有一些说法，可没人知道到底是怎么回事。好了，现在你该睡觉了，我去看看灯。"

在普尤说"去看看灯"的时候，灯就好像是他的孩子，晚上睡觉的时候他得去照看一下。我看他围着铜质的机器走来走去，所有的东西他一摸就清楚，一听转盘发出的咔嗒声他就知道灯的状况怎么样。

"普尤？"

"去睡觉。"

"你说他们的孩子怎么样了呢？"

"谁知道呢？那孩子生下来是个意外。"

"像我一样？"

"对，像你一样。"

我安安静静地上了床，狗狗吉姆躺在我的脚边，因为它没有别的地方可待。我蜷起身子，膝盖顶着下巴，两手搂着脚趾，好让自己暖和一些。我又回到了子宫里，回到了各种问题出来之前的安全空间里。我想着巴比·达克，想着我自己那个红得跟鲱鱼似的父亲。关于他，我知道的就只有这个——他有跟我一样的红头发。

一个意外生下来的孩子可能会想"意外"是自己的父亲，就像众神在凡世生下一群孩子，然后都没有回头看一眼就遗弃了他们，只留下一个小小的礼物。我在想是不是也有个礼物留给了我，我不知道到哪儿去找，也不知道我要找什么，但我现在知道，所有重要的旅程都是这样开始的。

Lighthouse Keeping

第二章

黑暗中的已知点

作为看灯塔的助手，我要做以下几件事情：

1）沏一壶"大力参孙"茶给普尤送去。

2）上午八点，带狗狗吉姆出去散步。

3）上午九点，煎培根。

4）上午十点，冲洗楼梯。

5）上午十一点，再沏一壶茶。

6）中午，擦灯塔的机器设备。

7）下午一点，吃番茄酱肉排。

8）下午两点，听普尤讲课——灯塔历史。

9）下午三点，洗袜子等。

10）下午四点，再沏一壶茶。

11）下午五点，遛狗，到镇上取日用品。

12）下午六点，普尤做晚饭。

13）晚上七点，普尤启动灯，我在旁边看。

14）晚上八点，普尤给我讲故事。

15）晚上九点，普尤照看灯。睡觉。

第三、第六、第七、第八和第十四项是我一天中最好的时光。现在，只要一闻到煎培根和铜的味道我仍然会犯思乡病。

普尤给我讲了索尔茨从前的情况。那时候，海盗常常乱打信号灯来引诱过往的船触礁，然后他们就乘机去偷船上的货物。那些疲倦的水手只要见着灯就什么都不管不顾了，可假如那灯光是个圈套的话，就什么都完了，后来造那些灯塔就是为了避免这种混乱。有些灯塔是在它们的塔台上朝着大海的方向点上一堆巨大的火团，看着像是一颗掉下来的星星；还有的只是在穹形的玻璃罩里点上二十五支蜡烛，像是圣徒的神龛。但不管这些灯塔是什么样子，它们都是头一次被标到海图上，哪里安全、哪里危险都有标记。你打开海图，调好罗盘，你的航道如果是直的话，你就看得见那些灯塔。要是有别的地方在闪光，那就是骗你上钩的圈套了。

灯塔是茫茫黑暗中的一个已知点。

"你想象一下，"普尤说，"一边有狂风暴雨在冲击你，另一边有礁石在威胁你，而能救你的就是那么一盏灯。港湾灯、警报灯，叫什么都无所谓，但有了这盏灯，你就能平平安安地航行。天亮了，而你还活着。"

"你会教我怎么启动灯吗？"

"嗯，还有怎么照看它。"

"我听着你像是在自说自话。"

"我不是在自说自话，孩子，我是在说我的工作。"普尤直了直身子，肃然地看着我。他的眼睛是那种泛着乳白的蓝色，像小猫的眼睛。谁也不知道他的眼睛是不是生来就是瞎的，可他一辈子都是在灯塔里或是在他那条鲭鱼船上度过的，他的手就是他的眼睛。

"很久以前，1802年或者1892年，你说哪个都行，那时候，大多数水手都不识字也不会写字，只有他们的长官会看海图。可水手们也有自己的一套，当他们经过塔伯特海岬、拉斯角或者贝尔礁的时候，他们从来就没把这些地方想成是海图上的位置，他们知道这些地方是因为它们都是一个个故事。每个灯塔都有自己的故事——还不止一个，你要是从这里坐船去美国的话，一路上只要你经过灯塔，那里的看塔人就一定有故事讲给水手听。

"那时候，水手一有机会就上岸来。他们在客栈里住下，等吃完肉排，点上烟斗，挨个儿传着喝了点儿朗姆酒后，他们就要听故事了，而讲故事的总是看灯塔的人，在他讲故事的时候，他的助手或者他的老婆就看着灯。这些故事你传我、我传他，一代一代传下来，绕着海洋沿岸的世界走了一圈又传了回来，也许改头换面了，但故事内核还是原来的。等看灯塔的人讲完故事，水手们就会接着讲他们的故事，从别的灯塔那儿听来的故事。一个有本事的看塔人得比水手知道更多的故事。有时候，他们还会比着来，要是哪个船油子嚷嚷说'兰迪岛'或者'卡夫曼岛'，你就得回他们一个'会飞的荷兰佬'或者'二十根金条'。"

普尤肃然沉默，他的眼睛像条远方的船。

"我可以教你——是的，教谁都行——告诉你怎么操作机器，告诉你灯会固定不变地每隔四秒钟闪一下，但我必须教你怎么看好灯。你知道这是什么意思吗？"

"我不知道。"

"那些故事，你必须知道那些故事，那些我知道的和我不知道的。"

"我怎么可能知道连你都不知道的故事呢？"

"你自己去讲出来。"

接下来，普尤说起那些沉船时掉进了海里的水手。当海水没过他们的脖子，只剩最后一口气好喘的时候，他们仍然像祷告似的念叨着故事。

"有个水手当时就在离这儿不远的海上，船下沉的时候他把自己绑到了桅杆上，他就这样在海里待了七天七夜，他的伙伴们最后都淹死了，而他靠着对自己讲故事活了下来。他不停地讲，一个接一个地讲，像疯子一般。到了第七天，他把知道的故事都讲完了，这时候他就开始讲他自己，从他人生的开头一直讲到他水手生活中的种种不幸，就好像他是个故事。他讲的是一个迷失的水手被发现的故事，他讲了不止一次，而是很多次，当他上气不接下气地在海水里挣扎的时候。天一黑，他看见了拉斯角灯塔的光，那里的灯一个星期前才点亮，但从此以后那儿便亮起了灯。他知道要是他成了那灯的故事，他也许就得救了。他使出最后一点儿力气用两条胳膊在桅杆两边划起来，朝着灯的方向划去。在他心里，那灯光成了一道亮闪闪的绳子，在拉他过去。他抓住它，把它缠在腰上，就在那时候，看灯塔的人发现了他，于是赶紧朝救生船跑了过去。

"后来，他在海雀客栈住下来，养好了身体，对所有想听他讲故事的人讲了他泡在海里的那些日日夜夜给自己讲的故事。住在那儿的其他水手也开始讲起他们的故事，他们很快就发现，每个灯塔都有一个故事——不，应该说每个灯塔**就是**一个故事，而灯塔发出的每一道闪光都是一个个朝大海发送的故事，它们是航标，是指引，是安慰，是警告。"

坐落在悬崖上，破风而立。

教堂里坐得下二百五十人，在坐到二百四十三人的时候差不多就满了，这是索尔茨的全部人口。

1850 年 2 月 2 号那天，巴比·达克在教堂第一次布道。

他布道的题目是："记住你们被凿而出的石，被挖而出的穴。"[1] 海雀客栈的老板被这篇布道，尤其是那难忘的题目深深打动，结果把客栈的名都改了。从那天起，他不再是"海雀"客栈的老板，而是"石穴"客栈的老板了。那些水手呢，你知道他们的德

---

1. 出自《圣经·以赛亚书》第 51 章，第 1、2 节："你们这追求公义、寻求耶和华的，当听我言。你们要追想被凿而出的磐石，被挖而出的岩穴。要追想你们的祖宗亚伯拉罕和生养你们的撒拉。因为亚伯拉罕独自一人的时候，我选召他，赐福与他，使他人数增多。"

行，他们还是拿以前的名字叫这客栈，叫了足足六十多年。可石穴客栈跟它从前差不多，还是低矮的屋梁，往里窝着，挂着渔网，散发出海盐和海藻的味道，还是以前那种冷冷清清的样子。

巴比·达克用自己的钱造了一座漂亮的房子和带围墙的花园，在那儿舒舒服服地过起日子来。不久，有人看到他和镇上仅有的一个有贵族血统的女人在认真讨论《圣经》。那女人是阿盖尔公爵的亲戚，一个流落他乡的坎贝尔家族的人，大概是因为穷困潦倒或者是别有隐情吧。她长得并不漂亮，但能流利地阅读德文，而且还懂一点儿希腊文。

他们在 1851 年结了婚，伦敦大博览会正好也是在那年举办，达克便带上他的新婚妻子去伦敦度蜜月了。在那以后，他再也没带她去过任何别的地方，甚至连爱丁堡都没去过[1]。达克总是独自一人骑着一匹黑色的马去什么地方，但不管他去哪儿，都没有人知道，也没有人跟踪过他。

有时候，达克牧师的房子到了夜里会闹出一些动静，接着，窗子里就会突然着了火似的亮起灯，有人在里面大喊大叫，摔家具或

---

1. 因坎贝尔家族为苏格兰贵族，故对达克的妻子来说，苏格兰是她的老家。爱丁堡是苏格兰的首府。

什么重东西。你要是问达克怎么回事的话——还真有几个人这么问过，他会说那是他的灵魂遇到了危险，他是在和魔鬼搏斗，正如我们每个人都必须这么做。

他的妻子没说什么。如果她的丈夫一走好几天，或是有人看见穿着黑色衣服的他在高高的悬崖上徘徊的话，那是他的自由，因为他是上帝的仆人，只有上帝才可以评判他。

有一天，达克骑马出去，之后便失踪了。

他走了一个月，回来的时候，他变得温柔随和多了，但脸上却露出了明显的忧伤。

从那以后，一年中他会出去两次，每次一个月，可没人知道他去了哪里。直到有一天有个来自布里斯托尔的人住进了海雀客栈，也就是现在的石穴客栈。

这人看起来很警觉，两只眼睛挨得很近，像是总在相互监视，他说话的时候习惯轻轻敲打手指头，而且敲得很快。他的名字叫普赖斯。

一个星期天，普赖斯去了教堂，回来后他坐在炉火前，满脸疑惑。最后，人们总算从他嘴里套出了话，要是说他以前和最近都没见过巴比·达克的话，那么他在布里斯托尔见到的那个人一定是被魔鬼附了身。

普赖斯说他以前见过达克，看见过他穿着很不一样的衣服去布里斯托尔城外克利夫顿一带的一处房屋。他注意到他是因为他的个头和他的举止——他很高，样子很傲慢。他从来没见达克和任何人在一起过，达克总是独自一人，但他敢拿他身上的文身赌咒，他见到的那个人就是达克。

"他是个走私犯。"我们中间有人说。

"他有情妇。"另一个人说。

"那不关我们的事，"第三个人说，"他在这里做他该做的事，他也付账单，而且出手大方，至于他干别的什么那是他和上帝之间的事情。"

我们其余人拿不准到底是怎么回事，但因为没人拿得出钱去跟踪他，所以我们谁也无法搞清楚普赖斯的话到底是真是假。普赖斯答应会留意这件事，并且说要是再看到达克或是像他的人，他会报个信。

"那他报信了吗？"

"嗯，是的，他的确报了信，可那样还是没有帮我们弄清楚达克在搞什么名堂或是他干吗要那样做。"

"那时候你不在场吧，你还没生下来呢。"

"拉斯角的灯塔里总有个普尤。"

"但不是同一个普尤。"

普尤不说话。他戴上收音机的耳机，示意我朝外面的大海看去。

"'麦克劳德'号就在那儿。"他对我说。

我拿起望远镜，看到了一条很漂亮的货船，白色的船身，在笔直的地平线上。"你不会见到哪条船比它更鬼气森森了。"

"什么鬼气呀？"

"它的过去。"普尤说，"曾经有条双桅船叫'麦克劳德'号，两百年前造的，开起来简直绝了。当国王的舰队毁坏它的时候，它的船长发誓说他和他的船有朝一日会再回来。一切太平无事，直到他们又造了一艘新的'麦克劳德'号。船下水的那天，所有码头上的人都看见悬着破帆、被毁了架子的老'麦克劳德'号从新的船体里冒了出来。船里有船，就是那样一个事实。"

"那不是一个事实。"

"是事实，清楚得就像大白天。"

我望着"麦克劳德"号，它速度很快，涡轮发动，外观时髦，电脑操控。它的里面怎么可能保留着过去的幽灵呢？

"就像俄罗斯套娃那样，"普尤说，"船里有船。在有暴风雨的晚上，你可以看见老'麦克劳德'号像一团雾气浮在它的上层甲板上。"

"你亲眼见过它吗？"

"我坐过那艘船，当然见过。"普尤说。

"你什么时候坐上新'麦克劳德'号的？那时候它是在格拉斯

哥的干船坞吗？"

"我根本就没在说新'麦克劳德'号呀。"普尤说。

"普尤，你没活到两百岁。"

"这是个事实，"普尤说，他的眼睛像小猫那样眨着，"嗯，没错，是事实。"

"品契小姐说我不应该听你讲故事。"

"她没有那个禀赋，所以她才会这么说。"

"什么禀赋？"

"先见之明，我是眼睛瞎的那天才有了这个禀赋。"

"那是哪一天呢？"

"很久以前啦，比你出生那天还早得多，虽然在你出生前我就已经看见你从海上过来了。"

"你那时候就知道是我吗？是现在这样的我，就是我吗？"

普尤笑了起来。"一点儿没错，就像我知道巴比·达克一样——或者说，一个很像我的人知道一个很像他的人。"

我不说话。普尤听得见我在思考。他摸了摸我的头，用他那种奇怪的轻柔的方式，像蛛丝一般。

"是禀赋。如果一样东西被拿走了，另一样东西就会被发现。"

"品契小姐没说过这种话，她说'人生就是一步步走向黑夜'，她还把这句话绣在了她的灶台上边呢。"

"嗯，她从来就不是那种乐观的人。"

"既然你有先见之明，你能看到什么呢？"

"过去和未来。只有现在不可见。"

"可我们就生活在现在啊。"

"普尤不是，孩子。一道波浪碎了，另一道就会跟上来。"

"那现在在哪儿呢？"

"对你来说，孩子，它就在你周围，就像这大海。对我来说，大海从来不是静止的，它总在变化。我从来没生活在陆地上，我没法儿说这是什么或那是什么，我只能说什么在消退什么在生长。"

"什么在消退？"

"我的生命。"

"什么在生长？"

"你的生命。你会在我之后成为看灯塔的人。"

给我讲个故事吧，普尤。

什么样的故事，孩子？

有个好结局的故事。

天底下没有这种事。

一个好结局？

一个结局。

为了把事情了结，达克决定结婚。

　　他的新婚妻子温柔、有才学、不事张扬，并且爱他。他却一点儿也不爱她，但在他看来，那倒是件好事。

　　他俩都在一个吃麦片和鳕鱼的教区里勤勤恳恳地做事。他在灌木丛里砍出路来走，要是他的手流出血来，那就更好。

　　他们在索尔茨的教堂里结了婚，没有仪式，完了之后，达克马上就病倒了。蜜月只好往后推，但他的新婚妻子温柔体贴极了，每天亲自给他做早餐，虽然她有个女仆可以替她做这种事。

　　他开始害怕听到楼梯上迟缓的脚步声。她端着托盘，一步一步地上楼，楼梯通向他那可以俯瞰大海的房间，她走得很慢很慢，等走到他的房间时，茶都已经凉了。每天她都要道一番歉，而每天他都跟她说不要紧，然后就咽下一两口那淡得没味儿的茶。她是想省点儿茶叶。

那天早上，他躺在床上，听见她慢慢朝他走来，托盘里的杯子叮当作响。一定是粥，他猜，稠得像个过错，或许还有嵌着葡萄干的松饼，他想象着吃葡萄干的时候它们会谴责他。然而，新厨娘——她派给自己的活儿——只是烤了个面包，用她的话说，她不赞成"花里胡哨"，至于葡萄干有什么花里胡哨的，他说不出来。

他本来是更喜欢咖啡的，可咖啡的价钱是茶的四倍。

"我们不穷。"他对妻子说过，而她却提醒他说，他们可以把钱花在比早餐和咖啡更值得花的事情上。

是吗？他不太肯定。每当他看见一个得体的淑女戴着一顶新软帽的时候，他都觉得那帽子芳香袭人。

门开了，她微笑着——不是对着他，而是对着托盘——因为她的注意力全在那上面。他有些恼火，心想一个他在码头上见过的杂耍艺人即便是走在钢丝上都会把这盘子端得比她更优雅大方。

她放下盘子，露出一副她常有的劳苦功高的表情。

"但愿你喜欢，巴比。"她说，她一向这么说。

他笑了笑，端起已经凉了的茶。

一向。他们结婚的时间还没长到可以说一向怎么样。

他们才开始，毫无经验，一切都是新的，没有什么习惯。可他怎么觉得自己已经在这床上躺了很久很久，慢慢地在拿冷掉的茶填肚子呢？

永远相守，至死不渝。

他哆嗦了一下。

"你冷吧，巴比？"她说。

"不，只是茶冷。"

她露出了受到伤害和指责的表情。

"我是在烤面包之前沏的茶。"

"也许你应该后沏茶。"

"那样面包就该凉了。"

"面包也是凉的。"

她拿起了盘子。"我去重新做一份早餐来。"

新做的早餐和之前的一样凉。这回他没有说。

他没有理由恨他的妻子。她没有过错，没有想象力。她从来不抱怨，也从来没高兴过。她从来不要求什么，也从来不给予什么——除了施舍穷人。她谦逊、温和、顺从、谨慎，她乏味得就像在风平浪静的海上的一天。

在他平静的生活中，达克开始捉弄起他的妻子来。最初并不是因为无情，而是为了试探她，也许是为了发现她是个什么样的人。他想知道她的秘密和她的梦想。他不是个嘴上总说早安、晚安的人。

在他们骑马出去的时候，有时他会在她的小马上嗖地猛抽一鞭，那马立刻飞奔起来，她紧紧抓着马鬃，因为她不是很会骑马。他喜欢看她一脸惊恐的样子——总算是有点儿感觉了，他想。

在连普尤都得鼓起勇气划救生船出来的天气里，他带她出海。他喜欢看她浑身弄得湿漉漉的样子，喜欢看她吐个不停，求着他把船开回去。等他们把船开回去的时候，船被积水压翻了半边，而达克却宣称这趟海出得很舒服，并且要她挽着他的手走回他们的屋子。

在卧室里，他一只手摁着她的脖子，让她脸朝下，另一只手把自己弄硬起来，然后一下顶入她里面，就像一个木塞插入酒桶的出酒口。在他完事后，她的脖子上留下了他的手指印儿。他从来不亲她。

他想要她的时候，他要的从来不是她本人，可有的时候，他毕竟是个年轻人，他会慢慢走上楼梯到她的房间去，想象着自己正端着一盘油腻的松饼和一壶凉了的茶。他打开门，微笑着，但不是对着她。

完事后，他坐在她上面，不让她起来，就像他在出去打猎的时候让他的狗趴着那样。在寒冷的卧室里——她从来不生火——他在他的精液在她的身上变冷之后才让她起来。

之后他就去他的书房坐下，两腿跷着搁在桌子上，脑子里什么也不想。他已经学会了让自己不想任何事情。

每个星期三下午，他们一块去走访穷人。他很讨厌这件事，那些低矮的屋子、破破烂烂的家具，女人们用同一根针和同样粗劣的麻线补衣服和渔网。那些屋子里散发着鱼腥味儿和烟味儿，他不明白怎么有人能在这样肮脏的环境里生活。换了他的话，他宁可去死。

他的妻子坐在那儿，满怀同情地听着那些穷人讲他们没有木柴、没有鸡蛋，他们牙龈疼，他们的羊死了，他们的孩子病了，这个时候她总是把脸转向站在窗前闷闷不乐看着外面的他说："牧师会给你们安慰和祝福。"

他不愿转过身。他低声地说了些耶稣的爱之类的话，然后在桌上留下一个先令。

"你太无情了，巴比。"离开的时候他的妻子对他说。

"要我当个伪君子，像你一样？"

那是他第一次打她。不是一次，而是反反复复地打，他一边打一边骂："你这愚蠢的贱货，你这愚蠢的贱货，你这愚蠢的贱货。"打完之后，他把鼻青脸肿流着血的她撇在悬崖的小道上，自己跑回了屋子。他一头钻进厨房的涮洗间，甩掉铜锅上的盖子，把两只手插入开水中，开水一直没到他的肘部。

他把手强摁在开水中，痛得喊出声来，直到皮肤变红开始脱落。然后他来到屋外，手指和手掌上起满了白白的水泡，他开始砍木柴，一直砍到伤口流血。

好几个星期他都躲着妻子。他想跟她道歉，他确实感到抱歉，可他知道自己还会再做那种事。不一定是今天或者明天，但迟早他会忍不住的，他有多讨厌她，他就有多讨厌他自己。

到了晚上，她给他读《圣经》。她喜欢书里的奇人逸事，一个生性乏味无趣得像只水桶的人居然有这个爱好，这让他感到惊讶。她是个平庸的人，能做的就是捎捎东西一类的事情，譬如说端端茶、抱抱孩子，或者去给穷人送一篮苹果什么的。

"什么苹果？"他问。

她已经停下了阅读，正在说着苹果的事。

"你带回来的那些用报纸包着的苹果呀。再不吃就该坏了，我把它们炖了给穷人送去吧。"

"不行。"

"为什么？"

"那些苹果是从我父亲的树上摘来的。"

"那树会再结果的。"

"不，不会再结了。"

他妻子停顿了一会儿。她看得出他的情绪有些烦躁，但她不理解。她刚要开口说话便打住了，她拿起放大镜，开始读起拉撒路[1]的故事来。

达克想着躺在坟墓里会是一种什么感觉，那里一片沉寂，没有空气、没有光，只有远处隐约可闻的说话声。

"就像现在这样。"他想。

一个人怎么会成为他自己的死亡？怎么可能选择死亡，接受死亡，而且到头来还只能怪他自己？是他自己拒绝了生命。好吧，既然如此，他只好自己去理解这死亡是怎么回事了。

第二天，他开始把这一切都写下来。他记了两部日记：一部是记他在苏格兰的牧师生活，写得平淡而严谨；另一部记在一个乱七八糟、没标页码的破活页夹里，纸上有笔尖刺破的地方。

他告诫自己等到完成布道后再写。然后，他就会拿出那个破皮面夹子和一堆有污迹的纸，记下他的生活。这不是一种他周围的任何人能认得出来的生活，随着日子一天天过去，他连自己也认不出来了。

---

1. 据《圣经·路加福音》，拉撒路是一个在世间受尽苦难，死后进入天堂的乞丐。

把我解脱出来吧，有天晚上他这么写道，可解脱到谁那儿去呢？

后来，他自己也不知道怎么做了个决定，他要带他的妻子去伦敦看大博览会。她并不想去，但觉得还是不惹他生气为好。

Lighthouse Keeping

第三章

太阳的房客

月亮将黑夜照得发白。

　　普尤和我坐在海雀客栈里，或者说，是在石穴客栈里。

　　客栈里没有别的人。普尤有石穴客栈的钥匙，他喜欢星期六晚上到那儿喝酒，因为他说那是普尤家的传统。在我过来跟他住在一起之前，他常常一个人溜到这里来，独自一人喝吧台后面那个桶里的朗姆酒。吧台上的灰积得厚极了，要是你在上面放一只酒杯，那酒杯就会像一条鬼船在一团雾中沉下去。

　　星期六晚上，我总会得到一包炸薯片，尽管品契小姐警告过我这也许会惹出麻烦，至于什么麻烦她没有说。这麻烦看来是我。

　　白天，当我在坑坑洼洼的路上推着我们的小货车去镇里的时候，我遇上了品契小姐。她的手在我头上晃来晃去，就像废品场里抓东西的机械吊爪。她说我没去上学她很**失望**，说这会**妨碍**我的**进步**。

我脑子里一下子出现了一条鲜亮的蓝色小船被波浪打回来的景象。我怎么可能既是船又是波浪呢？这太难懂了。

"你没在听我说话。"她说。

"我在听。那是因为有风暴，我们没法儿离开灯塔。"

"斯科特船长[1]没有因为天气而打退堂鼓，"品契小姐说，"尽管有大风雪他也到达了南极。"

"可他死在了帐篷里！"

"死啊，你的毒钩在哪里？"[2]

我不知道。

"拿着这个，"她说，"是我从流动图书站借来的。"

那是一本斯科特船长的日记。

我一边等着普尤一边读起来。**我对这次旅程无悔无憾……我们冒了种种风险……这些潦草的记录会告诉你这一切。**

我看着书中这些人的照片，他们全都被湮没在茫茫的白色之中。

"他们怎么死了呢，普尤？"

"他们泄了气，孩子，因为阿蒙森比他们先到了那里，等到要

---

1. 指罗伯特·福尔肯·斯科特（Robert Falcon Scott, 1868—1912），英国海军军官、探险家，两次指挥南极探险（1901—1904, 1910—1912），1912年1月到达南极时仅比罗阿尔·阿蒙森（R. Amundsen）晚一个月，死于归途的暴风雪中。
2. 出自《圣经·哥林多前书》第15章，第55节："死啊，你得胜的权势在哪里？死啊，你的毒钩在哪里？"

回来的时候，他们已经没有拼劲儿了。你永远不能泄气。"

"是吗？"

"是的。"

月亮正在升起，圆满、清澈，像南极一样白。日记的序言说，斯科特船长想去南极是因为当时可探险的地方已经寥寥无几了。世界在 1913 年已经被探知得差不多了。没人会想到 1968 年有人想到月亮上去。

"你看见她了吗？"普尤说，"我能感觉得到她在那儿，就像大海感觉得到她那样。她像大海那样吸引着我。我就是靠这种感觉知道什么时候会有暴风雨。"

我想象着斯科特船长躺在荒无人烟的冰天雪地之中，白色的月光照在他的脸上，我在想他是不是真的梦想去那样一个地方——一个像这里一样寒冷、一样偏远、一样美、一样不可思议的地方。

不再受大地的束缚，他可以放飞他的狗。它们的颈毛被风拂起，像带着极地光晕的哈士奇那样，在地心引力下飞跑两英里后腾空而起，无拘无束，对着月亮吠叫。一半是野狼，一半是驯服的狗，奔向那个白色的星球，回它们的家。先前他就看见它们的后腿深没于雪中，准备发力一跃，那白色的星球在它们橙色的眼睛中熠熠发光。

没人知道旅途的尽头会发生什么，没人知道亡者会去哪里。

普尤和我进了客栈，我们像往常一样并排坐在那里，也像往常一样眼睛盯着正前方。客栈里很久以前就断了电，你也许会觉得这地方跟坟墓似的，可普尤不这么想。

"每张桌子都坐满了人，"普尤说，"围在吧台边上的人有三层。

"有些晚上，达克也会来，大家就腾出地方让他一个人坐，就是我们现在坐的地方。随后，大家都不怎么说话了，像海潮低落时的港口，当然啦，达克也不看任何人，不和任何人说话。

"他身上带着《圣经》，而他读的总是他自己的故事——你没好好受过这方面的教育，自然不知道怎么回事——他读的是《圣经·创世纪》中巴别塔的故事。

"那座塔造得跟月亮一般高，这样造塔的人就可以爬上去，体验一下上帝的感觉。后来塔倒了，塔上的人掉下来分散到了地球的各个角落，打那以后他们谁也听不懂谁的话了，就好比人听不懂鱼和鸟的话。

"有一天我对他说：'牧师，你为什么读那个故事呢？'他回答我说：'普尤，我已经成了我自己生活中的陌生人。'"

"他是那么说的吗，普尤？"

"是的，孩子，千真万确，就跟今天晚上你和我坐在这里一样。"

"你那时候还没出生呢。"

"是吗？"

"你也看不见他的《圣经》，因为你的眼睛是瞎的。"

逻辑对普尤来说是从来不起作用的。

"一个他自己生活里的陌生人，他说。他说话那会儿，壁炉里的火烧得正旺，屋里的人背对着他，像一道海堤，屋外起了大雾，浓得像起了怀疑，月亮虽然被遮住了，但它还是圆的。他喜欢月亮，巴比·达克喜欢她。他管她叫'我的荒凉岩石'，有时候他还说会很乐意待在那个地方，太阳的苍白房客。"

"这话是他说的吗？"

"太阳的苍白房客。是的，我从来没忘过。"

"你现在多大年纪了，普尤？"

普尤没说话。他喝干了杯里的朗姆酒，什么也没说。接下来，我们小心地在一个剩下来的凉水龙头下洗了那只剩下来的杯子，把它放回到了那个剩下来的满是蛀洞的酒架上，杯子在透过窗户的月光中微微闪烁。之后，我们出了客栈，顺着煤渣道向灯塔慢慢走去。

门是他的身体。

达克从他睡着时的噩梦中醒来，又进入了他清醒时的噩梦。

他梦见了一扇关了又关的门。

他醒了，手在肚子上，手指感觉到他勃起那处的顶端。他把手放到了被子外面。

时候还早，他听到楼下有人在打扫炉栅。

他让自己的思绪飘向外面的大海，想象着莫莉躺在他身边。在布里斯托尔的时候，他总是先醒来；他让自己养成了先醒来的习惯，好在一大早的时候看她睡着的样子。他喜欢从暖和的被子下伸出手来，伸到卧室里的冷空气中。然后他会让他的手在她的脸部轮廓上游动，绝不碰着她，而是带着惊奇去感觉，总是带着惊奇，惊奇他在冷空气中的手怎么会感觉到她脸上温热的气息。

有时候她张开嘴呼吸，他会感觉到她的气息传到他身上，亚当在上帝将生命的第一次呼吸送入他沉睡的身体时想必就是这种感觉。

可她才是睡着的人。在稍有几分死气的氛围中，他弯下身子去亲她，让她醒来，用一个亲吻让她醒来，于是她睁开惺忪的睡眼，对着他微笑。

她总是对着他微笑。他很喜欢那样。

然后他会把她搂在怀里，把脸埋在她的脖子上，辨别她身上的各种气味儿。她很干净但她有自己的气味儿，是那种新晒的干草里面夹杂着花朵的味道，那种更新鲜、更浓郁一些的味道，像新割的草里掺着荨麻。

还有苹果，他想，白色的果肉，透着浅浅的粉红。

他们初次约会时，他带她到他父亲的园子里摘苹果。他们架起梯子，在地上铺了布。他穿着衬衣，为了在她面前表现一番，他越爬越高，去摘她指着的那些苹果，那些最不容易摘到的苹果。

他们差不多把整棵树上的苹果都摘光了。下午的时候，他们肩靠肩地坐在树下收拾他们摘下的苹果，把那些最好吃、最适合存放和用来做果酱的挑出来，那些不太好的要先用刀子把烂的部分剜去，再炖了吃。

她紧挨着他,这让他的心怦怦直跳,连削苹果的手都有点儿发抖。她注意到了这点,因为她喜欢他的手——修长的手指和整齐的指甲。

这时候,刀子滑了一下,割破了他左手的无名指。她马上从他手中拿过刀子,在她自己的裙子上割下一条带子来给他止血。

他们进屋去找凉水,厨房里没有人。她知道怎么做,很快就把他的伤口清洗干净包扎了起来。

"亲亲它会好些。"她一边说着一边低下了头,像一只喝水的鸟。

他们相互看着对方,一动也不动。达克感觉到阳光印在石头地面上的一个个方块,感觉到灿烂的阳光透过厚厚的窗玻璃,感觉到太阳在她的眼睛里、在她的瞳孔上映出斑斑点点,照耀着她的全身,仿佛太阳在向他显示一扇隐秘的门。

他伸出手,摸了摸她的脸。

两天以后,他们做了爱。

她要求黑着灯。

"像'上错床'的把戏那样[1]。"她说,虽然这话让他感到不自在。

---

1. "上错床"(bed-trick)是指趁着黑夜把一个男人床上的女人偷偷换成另一个女人的把戏。莎士比亚在《一报还一报》(*Measure for Measure*)和《终成眷属》(*All's Well That Ends Well*)两部戏中用了这个把戏。

一报还一报，他去了她的家。所有窗子都没有灯光，他借着月光摸到了门闩。进屋后，他看见一支点亮的蜡烛，在烛台里，在宽大的木楼梯的最底层台阶上等待着他。他拿起蜡烛，慢慢走上楼梯。他不知道他在走向哪里，他以前从来没进过这座房子。

楼梯在他脚下发出吱吱呀呀的响声，惊动了一只正在咬护墙板的老鼠。他看到了两幅油画，一个男人和一个女人，穿着蓝色的衣服，走廊的尽头有一个柜子，在柜子旁边他觉得他看见了一扇开着的门。于是他朝那儿走去。

"巴比？"

"是我。"

他的心在跳，他在出汗，他的下面在绷紧。

"把蜡烛放在柜子上。"

他照她的话做了，然后进了黑暗的房间，只有壁炉里几块即将烧完的煤发出一点儿微弱的光。房间里很暖和，一定是烧了很长时间才熄了火的。

他看得见床。

"莫莉？"

"是我。"

"我要脱衣服吗？"

"要。"

他的上衣和背心毫不费事地就被脱了下来。接着他扯起脖子上的围巾，扯的时候它被别针刮破了。他的手指变得笨拙起来，怎么也解不开裤子上的搭扣。他不诅咒也不说什么，只是默默地跟他别别扭扭的衣服较着劲儿，直到脱得只剩下袜子和衬衣。然后他朝床走去。

他站在床前，迟疑，微笑，心怀恐惧。莫莉坐了起来，她的头发披散在肩上，垂落到乳房上。突然间他为屋里黑着灯而庆幸。

她抓住他的衬衣，帮他从头上拉出来，然后她毫不掩饰地盯着他那儿看，它立着、挺着，已经准备好，他无法遮掩了。

她轻轻地将双手放到他身体两侧，顺着他的臀部和大腿抚摩下去，欣赏着他结实的肌肉，用双唇亲吻他的小腹。她从容不迫，而他在欲望和恐惧中不停地出汗。她怎么心里这么有底呢？仅仅是一瞬间，他怀疑起他是不是第一个这样来找她的男人。但他马上推开了这个念头，把她揽进怀里。

他们做起爱来。

腹部贴着腹部，嘴对着嘴，他的两脚裹着她的小腿垫在她的脚下。她的手搭在他背上。他的前臂拢在她的肩膀两侧，像狗的前爪那样，两只手抚弄着她的耳朵。他能闻到她的兴奋，他低下头去亲她颈下的锁骨。他进入了她，像熔岩一样直逼她的脊椎而去，以至于他的那处尖端似乎都能感觉得到她的一节节椎骨。他占有了她，在她的身体里一路向上顶去，进入了她的嘴，让她喊出他来。她叫了他的名字——巴比。他继续往上顶，以便到达她的眼睛后面，通过她窥视外面的世界。他透过她的眼睛看自己——他的脖子、他的胸膛、他的充满爱意的眼睛。这是他吗——透过她的眼睛？温柔、多情、有一点儿犹豫，他的皮肤上没有一个字却充满了这种新的语言？

她把他翻到身下，坐在他上面。他整个身子静静地躺着，任她在上面扭动。当她抓起他的一只手用他的大拇指抚弄起他进入她的部位稍上一点儿的地方的时候，他不明白是怎么回事，他让自己的手被教着。过了一会儿，她躺下来，又用他的手指教起他来。他兴奋、陶醉，待她睡着之后他用一边的胳膊肘支起身子，掀开她身上的被子，一边抚摩她，一边回忆着他学到的东西。

可那念头又来了，就像海上的钟声，越来越近，是警报，一条船在雾中即将到港。是的，现在他可以清楚地看见它。

他不是她的第一个情人。

她有过什么样的别的情人呢？什么样的别的床在黑暗的房间里燃烧过？

他没有睡。

给我讲那个故事吧，普尤。

哪个故事，孩子？

巴比·达克的秘密。

那秘密就是一个女人。

你总是那么说。

在某个地方总是有个女人的，孩子。一个公主、一个女巫、一个后妈、一条美人鱼、一个仙女教母，或者一个美貌而邪恶的女人，或者一个既美丽又善良的女人。

所有的女人都在里面了吗？

再有就是你爱的女人了。

她是谁呢？

那是另一个故事了。

Lighthouse Keeping

第四章

大博览会

看眼镜蛇这边走。东方奇观!

1851 年，他们在海德公园。

达克觉得自己像是一个死而复生的人。

他喜欢这里的喧闹和刺激：那些叫卖展品宣传单和明信片的人，各种私人摆的摊儿，戴着红围巾的泼皮仔，还有各种胡搅蛮缠和逗嘴皮子的把戏。这里有玩扑克牌的高手，有变戏法玩杂耍的，有唱意大利歌剧咏叹调的，还有把你的名字画在俗艳的水晶宫画片上的艺人。这里有拖着一车车洋娃娃的模型火车，有打扮得跟洋娃娃似的女人在卖紫罗兰、卖面包、卖她们自己。有站在箱子上嚷嚷自己的货"最好""最上等""独此一家"的小贩，还有满地爬来爬去的小女孩。

挂着沉重套具的马儿拉着一桶桶啤酒，一个男人带着一头黑豹在展示印度的神秘，所有这些景象呈现在他们眼前，在他们排队进入水晶宫观看大英帝国的奇迹之前。

这是他们的蜜月，达克和他的新婚妻子，尽管蜜月由于达克刚结婚就病倒而不得不推迟到现在。

现在他好了，穿着"上帝仆人"的衣服，无论走到哪里都有人向他表示敬意。

他妻子累了——她更喜欢平平淡淡的生活——于是达克给她找来一把椅子，然后自己走开去买猪肉馅饼和柠檬汽水。据说有人见过女王吃猪肉馅饼，这东西便一下子时髦起来，不管是有钱人还是穷人全都吃起便宜的猪肉馅饼来了。

达克付了钱，正当他平衡着手里的馅饼和汽水瓶的时候，他听到有人叫他的名字——"巴比"。

声音很轻柔，但干净利索地将他切开，如同打磨好的石头被干净利索地割开。他身上的某一部分脱落下来，里面粗糙、原始。

"莫莉。"达克尽可能平静地说，但他的声音很锋利。她穿着一条绿裙子，火红的头发梳成了一条辫子。她抱着一个小女孩，小家伙把手伸向达克的脸。

达克拿着柠檬汽水和馅饼显得有些不知所措，她愿意跟他坐一会儿吗？

她点了点头。

他们朝一片棕榈树下面的一排桌子走去，棕榈树是从印度弄来的，对伦敦来说它们就像原始森林一样显得怪异而莫名其妙。他们在藤椅上坐下，一个戴着头巾系着腰带的印度侍者正在给来自纽卡斯尔的煤炭商人一家子上"加冕鸡"[1]。

"这孩子她……？"

"她挺好，巴比，但她眼睛瞎了。"

"瞎了？"

他一下子回到了那可怕的一天，那天她来找他，看上去柔弱无助，而他……

她另外有个情人——他早就知道。他看见过她夜里匆匆忙忙走向镇子另一端的一座房子。她穿了斗篷，遮得严严实实，因为她不想被人看见。

她进去后，达克就在窗外站着。屋子里一个年轻男人走过来，她伸出了双臂。那个男人和莫莉拥抱在一起。达克转过脸去，脑袋瓜里一阵刺痛。他感觉到恐惧在他身体里的柔软部位落下了锚，就是此前从雾中朝他行驶过来的恐惧。

他回到了镇上。他没有指望能睡觉。没多久，他开始整夜地走

---

1 这道有名的沙拉为康斯坦丝·斯普赖（Constance Spry）所发明，1953 年在英国女王加冕礼上首次供应，因而得名。原料有鸡块、咖喱、番茄、红酒、柠檬汁、月桂叶、罐头杏、蛋黄酱和奶油等。

了起来。他已经记不得上一次睡觉是什么时候了。

他记得自己放声大笑，记得有过这样的念头——要是一直不睡他会死的。是的，他觉得自己死了，他觉得自己像从海里捞上来的贝壳那样又薄又空。他照了照镜子，看到一个非常光滑的海贝，里面已经没有东西，就剩一个漂亮的外壳，而他一向是穿得很好的。

莫莉注意到了他的变化，她想法子去逗他开心。有时候他也会忘掉那个念头，可一到做爱，在他赤裸裸的时候，他又听到了那警报声，感觉到那条挂着破帆的船正在朝他越驶越近。

他从来没跟她讲过他跟踪她的事。有天晚上，他们在一家名叫"交界"的客栈会面，她告诉他她就要有孩子了。他听到之后一把推开了她，一路跑过镇子回到他的住处，把自己锁进屋里，身上裹满了破帆。

他屋子里的墙上挂着斯蒂文森画的拉斯角灯塔的画。灯塔看上去像是一个活物，直立在基座上，像一头海马，脆弱，难以理喻，但在波涛之中昂然自雄。

"我的海马。"莫莉曾经这样称呼他，当他在海洋般沉涌起伏的床上朝她游去的时候。

海蚀洞和海马，这是他们的玩笑、他们的潮湿的世界地图，他们在世界的开端，一个洪水到来之前的地方。

那天她来找他，柔弱，毫无保留，而他一动不动地坐在快要熄灭的炉火旁。她恳求他，而他打了她，打得她两边脸上出现了两块烧红的煤，他还不罢休地接着打，打得她最后举起双臂来护身，然后……

她说话打断了他的回忆。

"是我那次摔倒的结果。"

他看着那孩子，她在笑，咯咯地笑，却什么也看不见，她的两只小手放在她妈妈的脸上，小脑袋随着声音在转。现在他知道他那时候干了什么，要是他能把手伸到时间里面把它倒回去，他就是豁出性命也在所不惜。

"你要我做什么我都去做。告诉我，做什么都行。"

"我们什么也不要。"

"莫莉——我是这孩子的父亲吗？"

"她没有父亲。"

莫莉起身要走。巴比立刻跳起来要跟过去，动作一猛把柠檬汽水洒了出来。莫莉把孩子一把抱紧，孩子乖乖地一声不出，感觉到了她妈妈的惊慌。

"让我米抱她。"

"好让你把她往地上摔吗？"

"自从离开你之后我每天都想你。我也想你的孩子，我们的孩子，如果你说是的话。"

"我以前就这么告诉过你。"

"我从来没想到会再见到你。"

"我也一样。"

她沉默下来。他想起了那个夜晚的她，那第一个夜晚，白色的月光照在她白色的皮肤上。他伸出了手，她往后退。

"现在太晚了，巴比。"

是的，太晚了，这是他造成的。他该回去了，他知道他的妻子在等他，他现在该回去了。可当他深吸一口气想走的时候，他又没了决心。

"今天就和我在一起吧，就这一天。"

莫莉犹豫了很长时间，一群群的人从他们身边走过，达克在一旁低着脑袋，不敢抬头看，他那擦得锃亮的皮靴尖上映出了他们的影子。

她说话的时候像是一个身在远处的人，那人就是他出生的地方。

"好吧，就这一天。"

他来了精神。是她让他来了精神。他接过孩子，抱着她来到发着咝咝声的蒸汽机旁，让她靠近轮子平滑的牵引装置。他想让她听活塞上下运动的声音，听铲煤的声音和水冲击巨大的铜锅炉四壁的声音。他握着她细小的手指，引导它们挨个儿去摸那些铜铆钉、钢质的排气管、轮齿、棘齿和一个橡皮喇叭。达克握着她的小手去捏喇叭，喇叭发出了嘟嘟的响声。他想给她创造出一个和视觉世界一样精彩的声音世界。

几小时过后，他看到莫莉露出了笑容。

时候不早了。人群在向露天音乐台移动。达克给孩子买了个用真熊皮做的发条玩具熊。他把熊在她的小脸蛋上蹭，然后给熊上了发条，熊就敲起了掌中的那对钹。

他该走了，他知道，但他们还是一起站在那儿，人群从他们两旁分开走了过去。过了一会儿，默默地，没等他开口，莫莉打开自己的包，给了他一张写着她在巴斯的地址的卡片。

她亲了亲他的脸，转身走了。

达克看着她，就像在看地平线上的一只鸟，那只鸟只有你能看到，因为只有你在跟着它。

没多久，她消失了。

时候不早了。昏暗的影子，煤气灯在闪烁，每一块玻璃上都映出他的影子。一个达克，一百个，一千个。这个碎裂的男人。

达克想起了他的妻子。

他匆匆走过一个个展廊，回到了他离开她的地方。她还在那儿，两手交叠着放在膝上，脸像一个面具。

"对不起，"他说，"我晚了。"

"六个小时。"

"是的。"

普尤，我母亲为什么不和我父亲结婚？

她从来没有时间，他来了就走了。

巴比·达克为什么不娶莫莉？

他怀疑她。你永远不要怀疑你爱的人。

可他们也许没告诉你实话。

那不要紧，你告诉他们实话。

这是什么意思？

你不可能代替别人诚实，孩子，但你可以做到自己诚实。

那我该说什么呢？

什么时候说呢？

在我爱上一个人的时候吗？

你应该说出来。

他是自己生活里的陌生人，

但在这儿不是，跟她在一起的时候不是。

这儿有他以她的名义给她买的房子，有被他看作是自己亲生女儿的孩子。他失明的女儿，有着像他一样的蓝眼睛，像他一样的黑头发。他爱她。

他对自己保证他会经常回来。他告诉莫莉一开始的赎罪现在变成了一种责任，他不能离开索尔茨，现在不行，是的，现在还不行，但不会太久，是的，会很快。莫莉是自己要求跟他来的，她接受了他关于那一边的生活的说法，相信那边不是他们女儿的生活之地，也不会是她想要的第二个孩子的生活之地。

他没跟她提起过他在索尔茨的妻子，也没跟她讲过他新生的儿子，当那个带着海盐味儿的儿子出生的时候，他几乎都没注意到。

四月、十一月，一年有两次他去看莫莉。一年中的六十天，有生活、有爱，他个人的行星进入了沐浴着温暖阳光的轨道。

四月和十一月，他来到这儿，冻得发僵，话都不太说得出来，身体里已经没剩多少生气。他来到她的门前，一头栽进去。她扶他到炉火边，跟他说话，说了似乎有好几个小时，为了让他保持知觉，不让他昏过去。

只要一见到她，他就要昏过去，他知道那是因为血突然往头上冲，而他又忘了呼吸。他知道这是一种正常症状和正常原因，但他也知道，只要一见到她，他干枯僵死的身体就会往前扑，扑向太阳，扑向温暖和光明。对他来说，她就是温暖和光明，不管在什么月份。

十二月和五月，在他离开的时候，他带上了这仍然留在他心中的光明，尽管这光明之源已经不在。当他走出长时间充满阳光的日子的时候，他几乎没有察觉到时间在变短，夜晚来得早了，有些早晨已经出现了霜冻。

她是他心中的一个闪闪发光的圆盘，使他围着太阳转。她在环行转动，明暗交替，昼夜平分。她是季节和运动，而他从来没见她冷过。冬季的时候，她的火焰从外面沉落到里面，温暖着她巨大的厅堂，就像传说中的国王把太阳放进了壁炉。

"把我留在你身边吧。"他说。几乎是个祈祷。但就像我们大多数人一样，他祈求一事，却又把自己的生活转到通往别处的路上。

他们在花园里耙落叶。他拄着耙子看她，他们幼小的女儿趴在地上，摸着叶子形状各异的边沿。他捡起一片叶子自己也摸了摸，那是角树叶，上面有锯齿，皱皱巴巴。不像白蜡树的叶子；不像平滑、带斑点、跟手掌一般大的卷曲的槭树叶；也不像橡树叶，橡树结满橡子而叶子仍然是绿的。

他在想他的生命里——他的一生——有多少个日子，而当日子纷纷凋零，时间的遮掩不复存在，他又变得赤条条的时候，所有的落叶会被堆起来吗——他的那堆正在腐烂的日子？或者，他还认得出它们吗——那些被他称之为"生活"的边缘各异的日子？

他把手伸进了这堆日子。这一个，还有这一个：他带莫莉和他们的女儿去了海边。这一个：他们在海滩上走了很久，他给她找到了一个蜗形的贝壳，像耳朵的里面。这一个：他在等她，他在她看见他之前看到了她，他能够那样看着她，以那种只有陌生人做得到而恋人向往却又不敢的方式。

这一个：他把孩子高高举起，高得在整个世界之上，也许那是他有生以来第一次觉得自己什么也不需要了。

他数出了六十片叶子，把它们分成两拨，每一拨有三十片。好吧，一年有三百六十五个日子，在三百零五个日子里他不再活着。

为什么？为什么他非得这样生活不可？他使自己陷入了一个谎言，而这个谎言又使他陷入了一种生活。他必须服完他的刑期。七年，当莫莉同意他回到她身边的时候他私底下定下了这个期限。

　　在那之后，他们将永远地离开英格兰。他将和她结婚。他会安置好在索尔茨的妻子和儿子。然后他就自由了，没有人会再听到巴比·达克这个人。

你是怎么出生的，普尤？

那是个意外，孩子。我母亲在海边捡蛤蜊的时候，有个长得挺俊的流浪汉说要给她算命。这种事情不是每天都会发生的，我母亲在裙子上擦了擦手，伸出了手掌。

那算命的看到财运了吗？或者一座大房子？或者长寿？或者一个温暖宁静的家？

这些他哪个都拿不准，是的，拿不准，但他确实预见到从那天起的九个月里有个漂亮的孩子会出生。

真的吗？

这么一说，她就不明白是怎么回事了。可那长得挺俊的流浪汉向她保证说，这样的事在圣母马利亚身上就发生过，她生下了**我们的主**。后来他们一起在海滩上走了一会儿，后来她就把他忘得一干二净，后来他预言的事情发生了。

品契小姐说你来自格拉斯哥的孤儿院。

拉斯角的灯塔里从来都有个普尤。

但不是同一个普尤。

唉，怎么跟你说呢。

　　既然我不再**进步**了，那我就由着自己的心思随意飘了。我划着蓝色的船出海，去收集像浮木一样的故事。每当我找到点儿什么的时候——一个柳条箱、一只海鸥、一个漂流瓶、一条被啄得坑坑洼洼的浮肿的肚皮翻了个儿的鲨鱼、一条裤子，或是一箱沙丁鱼罐头，普尤就要我讲故事。我只好在脑子里找，或是编出一个来，就这样我们坐在那里一起度过了海浪汹涌、风雨交加的冬夜。

　　一个柳条箱！小矮人乘着去美洲的筏。

　　一只海鸥！一个被囚在海鸟身体里的公主。

　　瓶子里的留言。我的未来。

　　一条裤子。是我父亲的。

　　那些沙丁鱼罐头。我们吃了它们。

　　鲨鱼。在它肚子里面，有一枚金币，血掩盖了金币的光泽。意外的兆头。世上总有被埋着的宝藏。

普尤在叫我去睡觉的时候给了我点蜡烛的火柴。他要我告诉他，在火柴微小的卵形光焰中我看到了什么——一个男孩的脸，或者一匹马，或者一条船。火柴烧完，故事也就在我的手指上熄灭、消失了。它们从来没完结过，这些故事，永远在重新开始——男孩的脸、一百条生命、会飞的或是被施了魔法的马、驶过世界边缘的船。

然后，我就要睡觉，并且做个梦梦见自己，可留言瓶里的信不好认。

"上面是空白。"品契小姐听我讲了之后告诉我。

可上面不是空白，上面真的有字，我能认出其中一个，那个字就是*爱*。

"那可是运气，"普尤说，"发现爱是运气，去寻找爱也是运气。"

"你有没有爱过什么人，普尤？"

"普尤爱过，是的，孩子。"普尤说。

"讲给我听听。"

"到时候会讲的，现在去睡觉吧。"

我去睡了，瓶子里的信就在我的头上飘浮。*爱*，信上说。*爱，爱，爱*，莫非那是我夜里听到的一只鸟？

普尤的神秘是一个水银般的事实。

你要是试着用手指碰一碰这些固体，它就会散开来，形成一个个单独的世界。

他只是普尤而已，一个胳膊下面夹着一袋故事的老人，一个烤香肠烤得自己的皮肤像子弹壳一样厚的老人。他也是一座闪闪发光的桥，你走过去，回头看，它已经消失无踪。

他既是又不是——那就是普尤。

有时候他似乎化成了灯塔基座周围的飞沫，有时候他就是灯塔。它立在那儿，有着普尤一样的身形，跟普尤一样静止不动，头上罩着云，看不见，但发出可以看见的光。

狗狗吉姆在它的破毯子上睡觉，那是用像它一样没用的废布料做成的一块毯子。我取下挂在钩子上的那个大大的铜铃铛——我和普儿就是用它来招呼彼此吃晚饭或是讲故事，用旧衣服撕成的揩布擦着铃铛上的盐渍。

灯塔里的所有东西——除了我以外——全都老掉了牙，普尤是最老的，假如你信他的话。

普尤点上烟斗，双手捧起碗，抬头看着上方，那个船上用的一星期上一次弦的挂钟敲响了九点。

"巴比·达克过着双重生活，孩子，就像我说过的那样。他在布里斯托尔城外让人给莫莉造了座漂亮的房子——离城有一定距离，但也足够近了，就好像他在体贴新婚妻子的同时也必须面对危险一样。莫莉现在的确是他的新婚妻子，因为达克和她在一座13世纪的康沃尔教堂里结了婚，那教堂是从一整块岩石中凿出来的。

"记住你们被凿而出的石？是啊，可他忘了还有那穴。

"在那个地方，达克用了个叫勒克斯的名字，说起话来带威尔士口音，他母亲是威尔士人，所以他知道那腔调。

"勒克斯先生和莫莉在一起的时候花钱很大方，日子过得很舒服。要是有人打听起来，莫莉就说她丈夫是做航运生意的，一年大部分时间都不在家，只有四月和十一月才会回来。

"他对她没有别的要求，但只有一条，那就是她绝不能跟他到索尔茨去。

"有一天，一个漂亮女人来到了索尔茨，在海雀客栈——也就是石穴客栈——以泰尼布里斯太太的名字登记住下。她没有说来这里是为什么，但星期天她去了教堂，就像在你看来一个有教养的女人都会去教堂那样。

　　"她穿着一件灰色长裙坐在教堂前排的位子上。达克走上讲坛，开始了他的布道，他的题目是'我已在天上立下如弓之约'，他所说的弓指的是在大洪水之后天上出现的彩虹，那时候上帝答应挪亚他不会再次毁灭世界——我告诉你这个，银儿，是因为你没好好读过《圣经》。

　　"那么，达克就开始讲了，他是个很会布道的牧师，可突然间，当他的目光扫到下面前排的座位时，他看见了那个穿灰色衣服的女人。离他位置比较近的人说当时他脸色变得惨白，像去掉了皮的鲽鱼。他在讲的过程中始终没有打磕巴，但他的双手紧紧抓着《圣经》，就好像有魔鬼要从他手里夺走它似的。

　　"布道结束后，他没有像往常那样在教堂门口等着别人向他提问，而是骑上马就走了。

　　"他们看到了他，他带着他的狗在悬崖边上徘徊，他们感到害怕。他是那样一种人，在他的眼睛背后有某种东西让他们感到害怕。

　　"一个星期过去了，当下一个星期天到来时那个女人已经走了，但她在达克心里留下了某种东西，那是肯定的。你可以看得出他的脸上布满了痛苦。以前他常常拿水手的文身责备他们，搞得他们很生气，可现在他成了被人注意的目标。"

"那个女人是莫莉吗？"

"哦，是她，是的。事后他们俩会了一面，就在这灯塔里，莫莉坐在我现在坐的椅子上，达克在一边来来回回不停地踱步，外面的雨点敲打在玻璃窗上，就像一个什么东西闹着要进来。"

"他们说了什么？"

"我只是听到了一部分——当然啦，我是在房间外面。"

"普尤，那时候你还没出生呢。"

"那么，就当是那个已经出生的普尤吧。"

"莫莉对他说了什么？"

达克感觉得到他眼睛后面那种熟悉的疼痛。他的眼睛是笼子，里面关着一头凶猛的、还没被喂过食的动物。大家在看他的时候有一种被关在门外的感觉，他不是把别人关在外面，而是把自己关在里面。

他打开灯塔基座的小门，扶着盘旋的楼梯往塔顶的灯爬去。他爬得很快，楼梯很陡，可他几乎没有大喘气。当他放松自我控制的时候，他的身体似乎就变得强壮起来。他一直控制着自己，没错，他一直控制着自己，除了在他睡着的时候，或是在他的心思逃出笼子的时候——有这种情况。他曾经能靠意志的力量阻止它，就像他能如愿醒来，把梦赶回黑夜，起来点灯读书。他曾经能将这一切统统赶走，就算早上醒来疲惫不堪他也不在乎。可最近，他总也不能从那些梦中醒来。慢慢地，黑夜占了上风。

他很有目的性地走进了房间。他趔趄了一下，站住了。莫莉在那儿，背对着他。当她转身的时候，他知道他爱她。事情很简单：他爱她。他怎么会把事情搞得如此复杂？

"巴比……"

"你为什么到这里来？我告诉过你，什么时候都别跟我来这里。"

"我想看看你这儿的生活。"

"我没有生活，只有跟你在一起的时候才有生活。"

"你有妻子和儿子。"

"是的。"

他沉默了。怎么解释呢？他并没有对莫莉撒谎——她知道他是索尔茨的牧师。至于他的妻子或儿子，他从来就没觉得有必要告诉她。他就那么一个儿子，再也没有其他孩子。她难道就不明白吗？

"现在你打算怎么样？"

"我什么打算也没有。"

"我爱你。"他说。

这个世界上最难的三个字。

　　在经过他身边的时候，她轻轻碰了碰他，然后顺着楼梯慢慢地走下去。他听着，直到听见门在远处关上——似乎在他生命的尽头。

　　这时，他哭了。

那天在灯塔里，

她爬进了顶上的灯舱，穿着铜色的衣服，披着秋天的头发，她站在那儿，像一根精致的操作杆，周围是控制透镜旋转折射的各种仪器。

这是巴比的起点，她想，他存在的理由，他出生的时刻。为什么他不能像它一样坚定，像它一样光明？

她从来没依赖过他，但她爱过他，这就很不一样了。她曾经努力地去忍受他的怒气和他的无常，用她的身体当接地棒，努力地疏导他的怨愤。结果，她却劈开了他。

要是那天她拒绝见他，要是她连他的名字都没叫，要是她看见他后躲进了人群，要是她爬上铁铸走廊在那里看他，要是她从来没给他包扎过手指，要是她没在寒冷的房间里生上火。

他在有些方面很像这灯塔。他孤独，超然。他傲慢，这不用说，而且自我封闭。他黑暗，正如他的名字[1]。巴比·达克，他心中的灯从来不曾亮过。器具都齐全，擦得也很干净，但灯却没有点亮。

要是她从来没在寒冷的房间里生上火……

但是，当她睡觉或是独自一人的时候，当孩子安静下来的时候，她的心思就围绕着他像海一样漫开来。他总是在那儿，他是她的导航点，是她位置的坐标。

她不相信命运，但她相信这块岩石之地。灯塔，巴比。巴比，灯塔。她总会发现他的，他会在那儿，她会向他划去。

你能离开一个人而又跟这个人在一起吗？她认为可以。她知道，不管今天发生了什么，不管他们采取了什么行动，不管她是否失去了他，都已无关紧要。她现在感觉自己就像是某出戏或某本书里的一个角色。有一个故事：莫莉·奥罗克和巴比·达克的故事，有开头、有中间、有结局。可这样的故事不存在，至少没法儿讲，因为构成这个故事的是一段长长的丝带、一个苹果、一炉暖暖的火、一只会敲钹的熊、一个铜转盘以及石头楼梯上他那越来越近的脚步声。

达克推开门。

她没有转身。

---

1. 达克的名字在英文中是 Dark，当作为单词讲时，它的意思是"黑暗"。

普尤在睡觉，眼睛像一条远方的船。

我遛完狗，沏上头一壶"大力参孙"茶，然后到灯的露台上坐下，开始翻看寄来的信件。看信是我的差事，因为普尤不识字。

里面有常收到的商品信息一类的东西——铜质器具的目录、特惠价的油布外套、沃尔西保暖内衣——沃尔西是斯科特船长第二次南极探险的供货商。我在栗色背心和长内裤的订购框里画了钩，然后打开了最后的长条白色信封。

它是从格拉斯哥寄来的。信上说六个月后将要对灯塔做自动化改造。

我给普尤读这封信的时候，他很有尊严感地站起来，把茶末倒进了海里。海鸥在灯的上方盘旋尖叫。

"从 1828 年以来这里就有普尤。"

"你走的时候他们会给你很多钱。这叫'遣散补偿'，包括提供'选择性住宿'。"

"我不要钱，孩子，我只要我现有的这一切。你写信告诉他们，说普尤不走。他们可以不再发给我工钱，但我就在这里待着。"

于是，我给北方灯塔管理委员会写了封信，他们回了信，语气很正式，说普尤先生须于规定之日离开，无复他议。

事情该怎么发生就怎么发生了：有一份请愿书，报纸上登了读者来信，电视新闻中播出了短短的一条，格拉斯哥出现了示威抗议，经过了一段时间的所谓的"讨论"，北方灯塔管理委员会决定照原计划行事。

品契小姐来看我，问我对自己的未来有什么打算。她说起我的未来就像是在说一种不治之症。

"你未来的日子还很长，"她说，"我们必须考虑这一点。"

她建议我去参加为期三个月的见习图书管理员的就业培训。她告诫我不要心气太高——那不适合**女性**，但图书馆的工作适合**女性**。品契小姐总是用"**女性**"这个词，说的时候揪着它的尾巴，不让它靠近自己。

我的未来就是这座灯塔。没有灯塔，我就得重新开始——重新。

"就没有什么别的事情我可以做吗？"我问品契小姐。

"基本上没有。"

"我想在船上工作。"

"那种工作不稳定。"

"我父亲就是船上的。"

"可你瞧他是什么下场。"

"我们不知道他是什么下场。"

"我们知道他成了你父亲。"

"你是说他的下场是生了我？"

"正是这样。你瞧这惹出了多少麻烦。"

品契小姐赞成灯塔的自动化改造。人类的某些东西使她总有一种不太舒服的感觉，她拒绝在我们的请愿书上签名。索尔茨，她说，必须与时俱进，这话让我觉得有些奇怪，因为品契小姐自己压根儿就没与时俱进过，也没与任何别的什么俱进过。

索尔茨——围着栅板，受着海浪的冲击，见不到船，港口泥沙淤积，还有一盏明亮的灯。为什么要拿走我们唯一剩下的东西？

"**进步**，"品契小姐说，"我们不是要把灯弄走，而是要把普尤先生弄走。这是两回事。"

"他就是灯。"

"不要犯傻。"

我看见普尤抬起头，在听我说。

"有一天，船上不再有水手，飞机上不再有驾驶员，工厂由机器人管理，电话由计算机应答，那么人做什么去呢？"

"要是当你父亲来这里的时候，船上已经没有水手了的话，你母亲也就不至于蒙羞。"

"那我也就不会被生下来了。"

"你不会成为一个孤儿。"

"我要不是孤儿就不会认识普尤了。"

"这到底又会有什么差别？"

"爱带来的差别。"

品契小姐没话了。她从我们仅有的一把舒服的椅子里，也是她每次来都坐的那把椅子里站了起来，然后像一阵急冰雹似的走下盘旋的楼梯。普尤抬起头，听着她下楼的声音——金属底的鞋跟儿、碰得叮当乱响的钥匙、雨伞的金属头敲击在每一层石头台阶上，直到最后她消失在砰的关门声和自行车穿过防波堤的咔嗒咔嗒声中。

"你得罪她了。"普尤说。

"我生下来就得罪她了。"

"是啊，可那不能看成是你的过错。没有哪个孩子生下来就是个过错。"

"生下来是一种不幸吗？"

"别后悔你有了这生命，孩子。它很快就会过去。"

普尤站起身，照看灯去了。等那些人带着计算机来这里搞了自动化后，这灯还会每隔四秒钟闪一次，但没有人来照看它了，也没有故事可讲了。当船经过这里的时候，船上不会有人再说："老普尤就在那里面，正瞎编着他那些故事呢。"

若是生命被拿走，剩下的就是个空壳了。

我回到我那八条腿的床上。每当我长了点儿个儿，我们就把床加出一点儿来，于是四条腿变成了六条腿，最近，六条又变成了八条。我的狗还是原来的四条腿。

我躺在床上，伸展开身子，看着那颗透过房间小窗隐约可见的星星。**只有去联结** [1]。可当所有的联系都断了的时候你怎么去联结？

"那就是你的任务，"普尤这么说过，"这些灯联结着整个世界。"

---

1. 这是英国小说家 E. M. 福斯特（1879—1970）的小说《霍华德别业》（1910）中的一句话。《霍华德别业》写的是代表英国中产阶级上层的精神和文化的施莱格尔姐妹和同一阶层中代表实干、缺乏想象和傲慢的威尔科克斯一家之间，以及英国中产阶级上层和下层之间的复杂关系。作者通过象征手法，提出精神的东西和物质的东西应当"联结"起来。"只有去联结"，象征英国的"霍华德别业"才能得救。

给我讲个故事吧，普尤。

什么样的故事，孩子?

一个重新开始的故事。

那是生活的故事。

可它是关于我的生活吗?

只有你讲它，它才是。

Lighthouse Keeping

第五章

大洪水之前的一个地方

达克正带着他的狗在悬崖小道上走着。

突然，那狗猛地一抖毛，大叫着蹿了出去。达克对狗呵斥了一声，可那狗的眼睛正盯着一只海鸥。达克很恼火，因为他正在集中心思考虑着他的问题：他为圣灵降临节[1]准备的周日布道。

突然间，狗不见了，他听到它在远处呜呜地尖叫。他感觉到出了什么事，于是立刻朝崖头跑去，他的靴子在石头上蹿出一片咔嚓声。

狗掉到了悬崖下面一块突出的岩石上，距离崖面大概有二十英尺。它在那儿举着爪子，可怜地哀叫着。达克看了看，似乎没有办法下去，除非是掉下去。他不能爬下去，也无法把狗拉上来。

---

1. 复活节后的第五十天，纪念圣灵降临于门徒中间。

他命令狗在那儿待着——除了待着它差不多也没别的选择，但这个命令给混乱的局面带来了一种秩序。这命令告诉狗，它的主人仍然掌握着局面；这命令也使达克相信自己仍然掌握着局面。

"待着！"他喊道，"趴下！"狗呜咽了几声，缩了缩它那受了伤的脚，照他的话趴下了。随后达克急匆匆地返回他的住地去取绳子。

家里空无一人。他的妻子出去了，儿子在学校，厨子趁着主教来吃晚餐之前的空闲在睡觉。他感到高兴的是他不必做解释，也不必生什么气。一个麻烦告诉了别人就成了加倍的麻烦，他这么想。别人想帮你，可他们所做的往往只是添乱。还是把麻烦压制住为好，就像对待疯狗那样。这时候他想起了他的狗，于是便把别的更叫他心烦的念头抛到了一边。那些都是他的念头，他不会告诉任何人，永远不会，他要守住他的秘密。

他在车棚里找到了绳子。他把绳子挎到肩上，往袋子里装了一枚沉沉的铁钉和一根木槌，又拿了一副给马驹用的套具，准备在提狗上来的时候用。然后他出门朝悬崖走去，一路上逼着自己把心思集中在眼前这件事情上，不去胡思乱想——这已经成了他现在经常性的精神状态。他常常觉得自己心思散乱，只有竭力克制他才能找回一点儿以前习以为常的平和心情。安宁——只要能找回这种心境他可以不惜一切代价。现在，他要为这种心境锻炼自己的意志，就像他用练拳击来锻炼他的身体一样。

　　达克走得很快，努力不让自己踩到那些从嵌着一星半点儿泥土的石缝里长出来的罂粟。他从来没能在自己的花园里种出这东西，可它们却在这光秃秃的地方长了出来。他也许可以把这个用到他的布道里……

　　圣灵降临节。他喜欢那个圣灵降临节之日圣杯重现于亚瑟王宫廷的故事[1]。他喜欢这个故事，但它又让他感到悲哀，因为那一天所有的骑士都发誓要找回圣杯，结果大多数骑士都迷了路，就连最英勇的骑士都被杀了。王宫被毁坏，文明沦为废墟。为了什么？为了一个在人世间没有用途的梦幻。

　　这个故事缠绕在他的心头，挥之不去。

1.　寻找圣杯是中世纪亚瑟王传奇中的一个主题。相传，圣杯是耶稣与其门徒共进最后的晚餐时用的酒杯，为绿柱玉琢制而成，但在亚瑟王传奇中圣杯是金质的。在亚瑟王的一名圆桌骑士兰斯洛特旅行到伯莱斯王的领地时，有一位美丽的少女手持金杯向伯莱斯王走来，大家马上跪倒祈祷。伯莱斯王后来预言说，如果有一天圣杯出现，圆桌便将毁灭。寻找圣杯的念头是在圆桌骑士的一次聚会上产生的，当时电闪雷鸣后出现了一道阳光，圣杯出现，巡行一圈后消失。圣杯的出现给了骑士们一种亲近神圣的愉悦体验，于是所有的骑士都发誓要去寻找圣杯，结果大部分骑士都消失于征途中，伯莱斯王的预言得以应验。

他到了悬崖边，往下看着找他的狗。狗还在那儿，鼻子搁在两爪之间，身上的每根毛都打了蔫儿似的耷拉着。达克朝它喊了一声，它忽地抬起脑袋，眼睛里充满了希望，他是它的救星。他希望自己也能躺下来，非常耐心地等待拯救。"但拯救永远都不会来。"他大声地说了出来。随后，他又为刚才的话害怕起来，于是他开始打铁钉，把它三分之二的长度打进了岩石地。

当他确信钉子承受得住他的体重后，他小心地把绳子打了个平结，把马具挎在身上，慢慢地放着绳子降往悬崖下面那块突出的岩石。他惋惜地看着脚上磨损了的靴子，它们是上星期才买的，他一直穿着想让它们合合脚。这下他的妻子可要为这笔损失和冒险行为责怪他了。其实，生活就是损失和冒险，他想，就算还有一点儿慰藉的希望，那点儿慰藉也只是他对教徒们讲的，而他只能一个人苦熬长夜，怀着别样的心思。

他终于晃悠到了下面的那块岩石上。他轻轻拍了拍他的狗，检查了它受伤的脚。没有血，很可能是扭伤了，于是他用纱布把那只受伤的脚紧紧包了起来。这时候，狗在用它深棕色的眼睛看着他。

"来吧，特里斯坦，我送你回家。"

突然，他发现崖壁上有个狭长的裂口，口子的边沿看上去有光泽，像是孔雀石，或是在海风的常年吹刮下变得光亮的铁矿石。他走上前，用手指抚摩着凹凸起伏的边沿。接下来，他往裂口里挤进了一半身子，眼前的景象让他惊呆了。

整个洞壁全是化石。他辨认出了蕨类植物和海马，还发现了一些从没见过的小动物蜷曲着的印痕。蓦然间，一切显得异常静寂。他觉得自己惊扰了某种神秘的存在，来到了一个不属于他的时空。

他不安地环顾着四周。当然，没有任何别的人，可当他的手在这片亮晶晶的脆硬石面上滑动时，他还是情不自禁地停了下来。他看着有大海痕迹的黑暗洞壁，心想海怎么能够到达这里呢？不可能是在大洪水之后。他知道，《圣经》上说地球的历史是四千年。

他把指尖往化石上细密的涡纹里按，摸着的感觉就像耳朵的里面，或者，像是摸进了……不，他不能想到那上头去。他把心思拽了回来，可他的手指仍在抚摩着这种种生物形状的化石微微凸出的轮廓。他把手指放到嘴边，尝着海和盐的味道，尝着时间的味道。

这时候，他无端地感到孤独。

达克掏出小折刀，在洞壁上挖了起来。他挖出了一块古海马化石，把它放进衣服口袋里，然后回到了狗那儿。

"小心点儿，特里斯坦。"他边说边给狗戴马驹套。把狗套牢后，他把绳子系到套子中间的"D"形环扣上，然后迅速把自己拉上了悬崖。随后，他整个身子趴在崖面上，开始拽他的狗上来，等抓着狗的颈背时，他帮着四腿扑腾的狗爬上了崖面。

他和狗都气喘吁吁，累得筋疲力尽，而他忘了带水。

他翻过身来，仰面看着天上快速移动的云，手摸着衣兜里的海马化石，他要把它送给考古学会并且告诉他们他的发现。可就在想着这个计划的时候，他突然意识到他想自己留下这个海马。于是，在狗的大为惊讶的目光中，他再一次用绳子把自己放了下去，在洞里又挖出这样一块生动的石头。它们就像是摩西在沙漠中得到的石碑，它们是上帝和这世界的历史，是上帝神圣不可亵渎的律法，是保存在石头里的创世一幕。

回到家里后，他感觉好些了，也轻松了些。和主教的晚餐他吃得很愉快。后来，他在书房里把第二块化石包起来，让马夫去送交给考古学会。他在包裹上面系了个硬纸板标签，上面记着发现这块化石的日期和地点。

索尔茨从来没经历过这样的事。两个星期里，许多古生物学家住进了石穴客栈，住不进去的把镇上那些独身老女人的空余房间都给占了，有的将就着在牧师宅子里睡临时搭起的床，有的抽上倒霉的签，只好到悬崖边上的帐篷里去熬一晚上。

达尔文也亲自来查看了洞穴，他承认为自己的某些理论缺乏化石证据的支持而感到尴尬。反对《物种起源》这本书的人想知道，为什么有的物种似乎根本就没进化过。那个所谓的"化石阶梯"在哪儿？

"寒武纪很难说明问题。"达尔文对他的同行们说。

这个洞似乎表明有很多新的可能性。它像一个储藏库，里面有三叶虫、菊石、波纹形牡蛎、腕足动物，还有附在长茎上的海蛇尾。看起来，所有这些生物能在这洞里被保留下来，唯一的原因可能是一场可怕的洪水，一场类似挪亚经历过的大洪水。可是，口袋里装着海马的达克却并不高兴。

他花了很多时间听他们兴奋地谈论世界的起源。他一直相信一个稳定可靠的秩序，那是上帝创造出来后留下的。他不愿意承认这世界有可能在永远不停地变化，他不想要一个混乱的世界，他要的是一个灿烂辉煌而永恒的世界。

达尔文努力安慰他："你认为世界现在这个样子是我捣的乱，可它并不比你心目中奇妙、美丽或是壮观的世界逊色分毫，唯一的不同是它不那么给人以安慰。"

达克耸了耸肩。上帝干吗要创造一个如此不完美的世界，以至于它必须不停地自我改造呢？

这念头让他觉得像是在晕船。他让自己觉得是在晕船，剧烈地从一边歪向另一边。他知道他内心的搏斗全都是为了保持克制，他的两只手因为握得太紧而失去了血色。

假如他内心的运动就像这世界的运动，那他到底怎样才能让自己稳定下来？在某个地方总得有个固定点。他一向坚信上帝的永恒本质，坚信上帝创造的世界稳定可靠。现在，他面对的是一个喜欢别出心裁的上帝，这个上帝创造出一个世界，为的是看它会怎么变化，从中寻开心。这个上帝是不是也以同样的方式造了人呢？

也许根本就没有上帝。他大声地笑了起来。也许，正如他一直怀疑的那样，他感到孤独是因为他总是独自一人。

他想起他的手指按在化石凹进去的涡纹里，想起他的手指在她的身体里。不，他不应该想起那种事，任何时候都不应该。他攥紧了拳头。

有上帝也好，没上帝也好，似乎都没有依靠了。

他摸了摸口袋里的海马。

他把它从口袋里拿出来，翻来覆去地看。他在想象这只可怜的雄海马正兜着它育婴袋里的孩子们，在上涨的大水把它永远地固定在岩石上之前。

固定在岩石上。他喜欢那首赞美上帝的颂歌。人生的暴风雨中，你的锚是否能固定？他对自己唱起来：大海在汹涌翻滚，有一只锚在安定着我们的灵魂。固定在岩石上，不可动摇的岩石上，在救世主的爱中深深埋藏。

固定在岩石上。他又想起了普罗米修斯，因为从神那儿盗取火种而被铐在岩石上。普罗米修斯，白天要忍受肝脏被鹰撕咬出来的折磨，夜里要忍受肝脏重新生长的痛苦，新生的皮肤如同孩子的皮肤一样又薄又嫩。

固定在岩石上。那岩石是索尔茨的最高点。索尔茨，一个海边小镇、一个渔民小镇，在这里，每一个妻子和水手都得相信，一个值得信赖的上帝可以让变幻莫测的大海平静下来。

要是变幻莫测的波涛就是上帝呢？

达克脱下靴子，把衣服整齐地叠放在上面。他现在光着身子，想慢慢走进大海，再也不回来。但他只想带着一样东西，那就是他的海马。他们将一同穿过时间，游回到大洪水之前的一个地方。

这是我们俩像这样在一起的最后一天。

　　我早早地醒来煎培根。趁着培根在锅里嗞嗞冒油的工夫，我把普尤那杯"大力参孙"茶给他送去，边走边对他唱：**人生的暴风雨中，你的锚是否能固定？**

　　"普尤！普尤！"

　　可他早已起床，带着狗狗吉姆出去了。

　　我在灯塔周围到处找他，结果我发现那条鲭鱼船不见了，他的水手盒子也不见了。他肯定是一大早就在擦机器，因为擦铜器的上光剂和布还在外面。机器被擦得很亮，散发着辛勤劳动后的气味。

　　我跑上楼梯，来到灯塔的露台上。这里放着一架望远镜，我们用它来观察那些没有发送无线电信号而进来的船。我想用它也许能看到远处海中的普尤和他的船。可我没有看到任何人，海上一片空茫。

　　现在是早上七点钟，中午他们就要来这里了。最好现在就离开这座我所熟悉的灯塔，让它留在我的记忆中，因为在记忆中谁也毁不了它。我干吗要看着他们拆掉机器，用绳子把我们住的地方围起来呢？我开始收拾起我的东西，虽然东西并不多。在厨房里，我看到了那只铁皮盒子。

我知道那是普尤留给我的，因为他在箱子上放了一枚银币。他眼睛看不见，不能读也不能写，但他知道东西的形状。我的形状是一枚银币。

普尤曾在盒子里放过一些散装的茶和烟丝，它们还在里面，被包在一个个纸包里，纸包下面是几卷钞票，大概是普尤一辈子的积蓄。再下面是一些以前的旧硬币，有金镑、基尼[1]、六便士的银币和绿色的三便士小硬币。除了钱，箱子里还有一个装在皮套里的老式小望远镜和一些皮面装订的书本。

我拿出了那些书本。有两本初版书：查尔斯·达尔文的《物种起源》，1859 年版；斯蒂文森的《化身博士》，1886 年版。其余的是巴比·达克的笔记本和信件。

一套整洁的皮面笔记本里写满了小小的字，还配着一些用墨水笔画的花草和化石的插图——这是达克的日记，记录了他在索尔茨的生活。外面包着纸的是一个破旧的皮面夹，一个角上凸印着"BD"

---

1. 金镑和基尼均为英国旧时金币，前者合 1 英镑，后者合 21 先令。

两个字母，这是达克的姓名缩写。我解开棕色的带子，一叠凌乱的纸散落到我脚边。纸上的字又大又潦草。有几张达克的自画像，眼睛都被划掉了。还有几张画在粗面纸上的水彩画，画的是同一个漂亮女人，都是转过一半身子的姿态。

所有这些我都想读，可在这里我已经没有时间了。

那么，只好把这个过去拖进未来了，因为现在已经在我的身子下面弯曲变形，就像一把没做好的椅子。

那个一星期上一次弦的钟仍在嘀嗒地走着，可我得离开了。

我打开那张布里斯托尔的地图，1828 年的时候它属于乔西耶·达克。在地图上他曾经用来垫东西的地方有朗姆酒的痕迹。海边码头上标着那个名字叫"交界"的客栈。

普尤也许到那儿去了。

大洪水之前的一个地方。

真有这样一个地方吗？《圣经》里的说法很简单：上帝毁灭了邪恶的世界，只有挪亚和他的家人得救了。四十个日日夜夜之后，载着挪亚一家的方舟停到了亚拉腊山上。当洪水慢慢退去后，方舟就留在了那儿。

想象一下吧，这是一个匪夷所思的时刻的证明。孤零零地被困在那儿，像一个时间之外的记忆点。照理，那是不可能发生的事，可它确实发生了——瞧呀，船在那儿呢，荒谬、夸张，一半是奇迹，一半是疯狂。

我不如就这样看我自己的生活——一半是奇迹，一半是疯狂。

不如就接受这样一个现实：我无法控制任何一个重要事件。我的生活是一连串的触礁和起航，没有到达，没有目的地。有的只是搁浅和触礁，然后是另一艘船，另一次潮汐。

给我讲个故事吧，银儿。

什么样的故事？

接下来发生的故事。

那得看了。

看什么？

看我怎么讲。

Lighthouse Keeping

第六章

新的行星

这不是一个爱情故事，但其中有爱。换句话说，爱就在故事外面，正在寻找机会闯进来。

我们在这里，在那里，不在这里，不在那里，像飘浮的尘埃，寻求着自己在宇宙中的权利。我们显赫，我们卑微，我们在自己造就却从不想要的生活中难以自拔。我们想挣脱，想重新开始，想知道过去为什么会跟着我们，想知道到底如何才能谈论这过去。

中央车站里有一个留言亭，你可以在那里录下你的生活。你说，它录。那是现代忏悔室——没有神父，只有寂静中你的声音。你的故事，以数字技术保存下来，留给未来。

你有四十分钟。

那么，你在这四十分钟里要说些什么？你会有什么样的临终遗言？你的生活的哪一部分将沉没于大海？什么东西会像灯塔一样，召唤你回家？

有人告诉我们，不能偏爱某个故事而冷落另一个，所有的故事都得讲。好吧，这话也许是对的，也许所有的故事都值得一听，但不是所有的故事都值得一讲。

回望这片我称之为我的生活的海水，我能看见自己在灯塔里，和普尤在一起，或者在石穴客栈里，或者在悬崖边上，寻找那些实际上是别人生活的化石。我的生活，他的生活。普尤，巴比·达克。我们都被结合到一起，受着潮水的影响，受着月亮的吸引，过去、现在和未来涌动在波涛的起伏中。

我就在那儿，在成长的边缘踽踽而行，突然来了一阵风，把我吹走，叫普尤已经为时太晚，因为他也被吹走了。我只有在无依无靠中独自长大。

而我的确在无依无靠中独自长大。我想给你讲的故事将照亮我的一部分生活，而将其余的部分留在黑暗中。你不必知道一切，从来就没有一切这回事。这些故事本身产生意义。

存在的连续叙述是一个谎言。从来就没有连续叙述，有的只是一个个被照亮的时刻，其余则是黑暗。

仔细看你会发现，那个二十四小时的一天被框进了一个时刻，这是一幅兴奋的安非他明世界的静物画。那个女人——一幅圣母怜子图。那些男人，一群带来未知预言的粗鲁天使。孩子们手拉着手，环绕着时间。每一幅静物画里都有一个故事，它告诉你你需要知道的一切。

它就在那儿，那照过海面的光。你的故事，我的，他的。它得让人看到才会被相信，它得让人听到。在喋喋不休、含混不清的叙述中，尽管有平常的噪声，这故事还在等着被聆听。

有人说最好的故事是没有言辞的，这些人生来就不是为了看灯塔的。的确，言辞会慢慢消散，重要的东西往往是不被说出来的。重要的东西是从脸上、从姿态中，而不是从我们锁住的舌头上被得知的。真实的东西要么太大要么太小，或者无论如何总是尺寸不对，被称为语言的模板无法适用于此。

我知道这个，但我也知道还有别的，因为我生来就是为了看灯塔的。若是降低平常的噪声，最初就会有那种安静带来的解脱感。接着，非常安静地，静得像光一样，意义悄然而至。**言辞**是可以被说出声的那部分沉默。

我一路躲着那些大得跟军舰似的卡车，发现海边那个叫"交界"的客栈已经被一幢叫"假日酒店"的建筑取代了。在普尤的故事里，任何一个普通水手都会要吊床，因为吊床的价钱比标准床要便宜一半。可假日酒店里没有吊床，无奈我只好要了一个单人房间和一张单人床。

我向酒店接待员打听普尤，她告诉我登记的客人名字中没有普尤先生，但有个模样怪异的男人——她是这么说的，模样怪异——带着一条小狗来过这里，要开一个房间。她没法儿安排他住进来，因为：第一，酒店里没有安置动物的设施；第二，达布隆[1]在欧元区早已不再是合法流通的货币了。

"他去哪儿了？"我急切且兴奋地问。

她不知道，但我觉得他一定会回来找我。

我打算听从品契小姐的建议，先去找份工作。我会留着普尤的钱，好在他用得着的时候给他。

第二天早上，梳洗完毕后，我站在房间里的镜子前，心里想着要不要穿我的油布外衣。它是黄颜色的，而且很大。住在灯塔里的时候我从来就没想过这个，可不知怎么回事假日酒店却让我对自己的样子敏感起来。照普尤说的，布里斯托尔应该是个海味儿很浓的城市，可昨天在购物中心里只有我一个人穿着黄色的油布外衣。

最后，我在外面又加了件套衫。

在图书馆，我很恳切地介绍了自己，但接待我的图书管理员说我没有经验，也没有学位。

"我替你们把书放到书架上总可以吧？"

---

1. 旧时西班牙金币的名称。

"这不是我们做的事情。"

我看了看四周，书架上都摆满了书。

"那么，这活儿总得有人做，就让我来做好了。"

"现在我们这里没有正式的工作机会。"

"我不要什么正式的工作机会（我想起了品契小姐说过的**女性不要心太高**的话），我只想有事情做。"

"恐怕这个目前不可能。但如果你对书有兴趣的话，可以加入我们的图书馆。"

"是的，我对书很有兴趣，谢谢，我很愿意加入。"

"这是一份要填的表。我们需要你的固定地址、水电账单和一张签名照片。"

"什么，就像电影明星那样？"

"必须有个认识你两年以上的人在照片上签名。"

"那我想品契小姐大概可以……"（我开始怀疑这位图书管理员是不是品契小姐的什么亲戚。）

"你住在哪里？"

"假日酒店。"

"那不是固定地址。"

"没错，我刚到这里，从苏格兰来的。"

"你在那里加入图书馆了吗？"

"我们那里没有图书馆，只有一个车拉的流动图书站，每三个月巡回一趟，可车里只有一些米尔斯和布恩公司出版的浪漫小说，还有一些关于犯罪、鸟类学、第二次世界大战和当地历史之类的书。当地历史我们都知道，因为也没多少东西。另外，车里还有一些水果罐头，算是捎带着卖点儿食品杂货。"

"你有在苏格兰的地址证明吗？"

"那地方谁都知道，是拉斯角的灯塔，顺着海岸一直上去就能找到。"

"你家里人是看灯塔的，是吗？"

"不是，我母亲去世了，我从来没有过父亲，是普尤在灯塔里把我带大的。"

"那么，普尤先生也许——他可以替你写封证明信。"

"他是个瞎子，而且我也不知道他现在人在哪儿。"

"把这份表拿回去，等你填完了再回来亲手交给我。"

"我现在加入不行吗？"

"不行。"

"我只在周六来干活儿行吗？"

"不行。"

"那么，我每天来这里看书就是了。"

而我的确那么做了。

假日酒店很乐意让我在那间没有窗子的小房间里住下去，因为我答应给他们值夜班，为累得睡不着觉的客人送炸薯片和豌豆。我早上五点钟结束工作，睡到十一点起床，然后就直奔公共图书馆的阅览室去看书。

我的问题是，由于不能借书我从来没法儿在另一个人把书借走之前读到故事的结尾。我很苦恼，于是我买来了一些笔记本，封面上镶着像宇航服一样亮闪闪的银色箔片。我以我最快的速度抄写着书里的故事，可直到现在我抄下的全是一个个开头。

我在看《死于威尼斯》[1]，可图书馆要关门了，我只好极不情愿地把书还到借阅台，告诉他们第二天早上九点一到我就来。

我心里很不踏实，生怕有人在我之前把书借走。于是大清早在给那些不要命的客人送完炸薯片和豌豆之后，我扯下身上的围裙，一路跑到了图书馆的台阶上，就像一个朝圣的人去圣地寻求奇迹那样。

我不是唯一在那里的人。

一个上了年纪的酒鬼蜷缩在角落里，身边放着一个带电池的闪

---

1. 德国小说家托马斯·曼（Thomas Mann, 1875—1955）的作品。托马斯·曼因抨击纳粹的政策被迫流亡国外，1944 年加入美国国籍，曾获 1929 年诺贝尔文学奖。

闪发光的埃菲尔铁塔模型。他告诉我他以前在巴黎很快乐，但他记不清那是在得克萨斯还是在法国。

"我们曾经都很快乐，是不是？可为什么我们现在不快乐呢？你能告诉我为什么吗？"

我不能。

"瞧见那个人了吗？"他说，一边带着伏特加的醉意朝一个摇摇晃晃走在街上的人挥了挥手，"他走到哪儿都带着一件狗的外套，真的，他只是在等一条能跟他做伴儿的狗。"

"我有一条狗，名字叫狗狗吉姆，它住在苏格兰的一座灯塔里。"（现在情况已经不是这样了，但它的大部分日子的确是在灯塔里度过的。）

"是条苏格兰狗吧？"

"不是，但它住在苏格兰。"

"那它就应该是苏格兰狗——这是生活中又一件不对的事情。生活中没有什么事情是对的。"

"品契小姐就是这么说的。她说生活就是掉进黑夜的痛苦。"

"她是单身吗？"

"哦，是的，她从生下来就是。"

"她是哪个角的？"

"我不明白你的意思。"

"她夜里坐哪儿？我坐这儿，她坐哪儿？"

"一个叫索尔茨的地方，在苏格兰。她住在栅栏街。"

"我也可以试试上那儿去过夏天。"

"那是最好的时候，挺暖和。"

"只要能暖和你什么不肯给啊？所以我才弄了这么个发光的东西知道吧，它可以暖我的手。你想暖暖手吗？像你这么个年轻姑娘干吗在这儿待着啊？"

"我在等图书馆开门。"

"你什么？"

"有一本书我想借——唉，说来话长。"

（但却是一本很短的书。）

两道门打开后，我来到借阅台前要那本书，结果却得知那个女管理员前一天晚上自己把那本书拿回家了，今天早上她打来电话说病了不能来。

"能告诉我她到底怎么了吗？病得有多重？是肚子不舒服还是重感冒，还是请了一年的事假？"

她的同事说对不起她不知道——其实她压根儿就没心思理会这事，说完就回头去给一排航海故事的书按字母顺序做编号了。

我的胃在颤动，我离开了图书馆，像中了邪似的在外面游荡。后来我在一家书店里发现了那本书，可就在我刚读了一页多的时候，店员就过来告诉我，要是不买就把书放下。

我对自己发过誓，在找到普尤之前，除了必要的食物以外我什么都不买。于是我对那个店员说："我没钱买它，我也放不下它，可我非常喜欢它。"

她不为所动。我们生活在一个要么买要么就放下的世界里，在这样的世界里，爱是没有意义的。

两天后，我在城里走着的时候无意中在一家星巴克咖啡厅里看到了那个图书管理员，她坐在一个靠窗的位子在看《死于威尼斯》。想想我当时的感觉吧……我站在窗外，看着她，她也不时地朝窗外看，眼神恍恍惚惚，大概她看到的只是利多[1]，鼻子抗拒着空气中浓厚的瘟疫气息。

一个牵着一条狗的男人一定是把我当成了乞丐，因为他突然给了我一英镑。于是我走进去，买了一小杯浓缩咖啡，找了个离她很近的地方坐下，事实上就在她身后，近得都能看见书上的字。她肯定觉得我有点儿怪——我懂这个，因为有些人是有点儿怪——我在酒店里就见过这样的人——可她突然啪地把书合上，就像违背一个

---

1. 利多是意大利东北部的一个礁岛，把威尼斯潟湖与亚得里亚海隔开。位于该岛北端的小镇利多是《死于威尼斯》一书中故事发生的所在地。

承诺那样，然后走了出去。

我一路跟着她。

她去了美发店、伍尔沃思百货店、按摩院、宠物店、音像店，最后回了家。我躲在她的窗外，直到她坐了下来，一边吃着一盘用微波炉加热的波纹贝壳状通心粉，一边看着那本《死于威尼斯》。

这真是痛苦。

最后，她睡着了，书从手里滑落到了地上。

它就在那儿，只有几英寸远。我多想提上窗子然后把它搂过来啊。书掉在蓝色的地毯上，没有全合上。我努力引诱它过来，我说："来呀，到这边来！"

书没有动。我想把窗子提上去，但窗子锁上了。我觉得自己就像是兰斯洛特，在藏有圣杯的礼拜堂外面——可我也从来没读完过那个故事。

几天过去了。我一直在密切地注视着她，直到她的身体好起来。我不光是注视着她，我还在她的信箱口里塞了阿司匹林。要是有必要的话，我甚至会向血库献血。无论如何，她的身体还是好了起来，不管有没有我。终于有一天，我跟着她回到了图书馆。

她把书带到里面，放进一个还书手推车里，然后转身接待一位顾客去了。我立刻从那白色塑料推车里抓起了那本书，正当我朝阅览室走去的时候，一个长胡子的助理管理员——她是个女的，但有胡子，这通常是一个不祥之兆——她从我手里把书夺了过去，说已经有顾客预定了。

　　"我就是顾客。"我说。

　　"你的姓名？"她说，就跟我犯了什么罪似的。

　　"我不在你们的名单上。"

　　"那你就得等到下一次别人把书还回来。"她说道，带着明显的快意。有些图书管理员就是这样——她们就喜欢告诉你哪本书绝版了、被借走了、丢失了，或者干脆还没写出来。

　　我有一张书目的单子，留在了借阅台上，因为这些书总有一天会写出来，所以最好是先排上队。

　　那天晚上，我又跟着那个图书管理员回了家，因为我已经习惯跟着她回家了，而习惯一旦养成就很难改掉。跟往常一样，她进了屋，当她出来在花园里坐下的时候，手里拿了一本她**自己**的《死于威尼斯》。我没别的事可做，只有等她的电话响，而电话果然响了，于是我立刻跑上她屋前的草坪，一把抓住了书。

突然，我听到她在冲着电话尖叫："有人闯进了我家——是的，还是那个人——快叫警察！"

我赶紧冲过去帮她，可她仍在不停地尖叫，于是我把屋子整个搜了一遍，没找到任何人。当警察到了的时候，我就是这样告诉他们的。他们不听我的，只是把我抓了起来，因为她说我就是闯进屋的那个人——而我不过是想借她的书。

后来，事情变得更麻烦了，因为警察发现我既没有母亲也没有父亲，按官方讲就没我这个人。我让他们给品契小姐打电话，可她声明从来没听说过我。

警察让一个挺和善的男人跟我谈话，这人实际上是个心理医生，主要是帮助"年轻的冒犯者"，虽然我并没有冒犯过任何人，除了那个图书管理员和品契小姐。我跟他讲了《死于威尼斯》那本书是怎么回事和我加入图书馆遇到的麻烦。他点了点头，建议我每个星期过来做一次观察，就跟我是颗新的行星似的。

在某种程度上，我是一颗行星。

达克在看月亮。

　　假如地球的历史是由化石写成的，那么宇宙又何尝不是呢？这骨白色、被漂白掉生命的月亮就是太阳系的遗物，而太阳系里曾经有过好几个地球。

　　他想，这辽阔的天空以前一定有过充满生气的时候，后来大概是某种愚蠢或草率的行为造成了它现在这种死气沉沉和荒凉的样子。

　　小时候他常常把天空想象成大海，星星是桅杆上点了灯的船。到了夜晚，当大海黑成一片，当天空黑成一片时，星星划开水面，就像船在破浪而行。他喜欢朝水面上星星的倒影扔石子，被击中的倒影碎光荡漾，他就看着它们慢慢平静、复原。

　　现在天空成了一片死海，星星成了一个个记忆点，就像达尔文的化石。有档案记载着大灾难和错误。达克希望档案里什么也没有，没有证据，无从知晓。达尔文称之为知识和进步的东西，在达克看来是一部有害的记录，一本最好不要去读的书。生活中有很多东西最好不要去读。

　　沿着由硬度适中的岩石构成的海岸行走，可以观察到岩石遭受腐蚀的过程。大多数情况下，海潮在一天内有两次冲到崖壁上，时间都很短。海浪只有当裹挟着沙子和卵石的时候才会腐蚀崖壁，因为有理由相信，纯粹的海水对岩石的腐蚀几乎是微不足道的。最后，悬崖的底部遭到破坏，巨大的碎石掉下来，它们固定不动就会被慢慢磨损，一星一点，直到变成小块，直到能够随波滚动，在此之后它们便会较快地被冲磨成小卵石、沙子或泥。

　　达克把书放下。他已经读了很多遍，他在自己身上看到了所有逐渐遭受腐蚀的迹象。好吧，也许日后他会被人发现，面目全非，难以辨认，除了牙齿——是的，他顽固的下巴将是最后消失的东西。言辞，所有的言辞，被海浪冲散。

我有时想象自己在"安姆帕尔泊"。[1]

    在转折点，我知道我就要离开。**就要离开，必须得离开**，说法上的一点儿细微差别，表示的是两种心境，但视野中的终点是同一个，只是终点并不存在。当终点出现在视野中的时候，它始终是一条看得见却永远不会靠岸的船。

    尽管如此，那船必须得被看见，我们必须打点行装准备航行。我们必须相信我们的控制力，相信我们的未来。但未来一旦真正地来临，它会像"麦克劳德"号一样到来，全是最新的技术装备和新的船员，但里面藏着老"麦克劳德"号。

---

1.   Am Parbh，拉斯角（Cape Wrath）的苏格兰盖尔语拼写。

化石的记录永远在那儿，不管你是否发现它，那是过去的脆弱幽灵。记忆不像海水的表面——要么波涛汹涌要么风平浪静。记忆是多层的。你的过去是另一种生活，但证据在岩石里的某个地方——你的三叶虫和菊石，你的挣扎的生命形态，就在你觉得自己可以直立起来的时候。

多年前在栅栏街，在两张拼起来的厨房椅子上、在品契小姐的一只鸭子的鸭绒被下，我渴望一个稳定可靠的世界。我不想重新开始，我太小、太累。

普尤让我明白了一个道理，什么也没失去，一切都可以恢复，不是恢复到以前的样子，而是在变化的形式中。

"没有什么是一成不变的，孩子，就连普尤也不是。"

在写《物种起源》之前，达尔文作为博物学者在英国皇家海军舰艇"小猎犬"号上待了五年。在自然中，他发现的不是我们所认识的过去、现在和未来，而是一个不断变化的进化过程——能量从来不可能被封闭得太久——生命总是在更新。

当普尤和我如同光束和闪光一样被旋转着抛出灯塔的时候，我希望一切都能照旧继续，我希望有某种坚实可靠的东西。两次被抛出去——先是从我母亲身边，然后是从普尤身边——我在寻找一个安全的着陆地，不久我就找到了一个，而这正是我犯的错误。

　　但我唯一能做的就是重新讲述这个故事。

给我讲个故事吧，银儿。

哪个故事?

那个会说话的鸟的故事。

那是后来，很久以后的事了，那时候我已经着陆，长大成人。

可它还是你的故事。

是的。

Lighthouse
Keeping

第七章

说话的鸟

关于白银的两个事实：

它发出的光来自它自身 95% 的反射。

它是极少数可以安全地进行微量服食的贵金属之一。

我去了卡普里岛 [1]，因为我更喜欢被水围绕的感觉。

当我在俯瞰"蓝色岩洞"的山坡上顺着一条蜿蜒的白色小巷往下走的时候，我听到有人叫我的名字——"邦焦尔诺，银儿！"

在一间小公寓的窗子里有一个大笼子，大笼子里面有只小小的长着钩嘴的鸟。

我知道这是个巧合——哪怕荣格 [2] 说没有巧合这样的事，我也

---

1. 意大利南部一岛屿，位于那不勒斯湾的南部边界，自古罗马时代以来就是一个度假胜地，以其蓝色洞穴而闻名。
2. 卡尔·古斯塔夫·荣格（1875—1961），瑞士精神病学家，创建了分析心理学。他在了解人类心智方面做出的贡献是提出了外倾型和内倾型的概念以及集体无意识的概念。其著作有《无意识心理学》（1912）和《心理类型》（1921）等。

知道这不是什么魔法——仅仅是一个长了羽毛、喉舌受过训练的东西罢了，但它正好应合了我内心等待有个人叫我名字的时刻。名字依然是有魔力的，就是莎伦、卡伦、达伦和沃伦这样普通的名字对于某个地方的某个人也会有魔力。在童话故事里，命名是种学问。当我知道你的名字的时候，我就可以叫你，当我叫你的名字的时候，你就会朝我走来。

那只鸟就这样叫着："邦焦尔诺，银儿！"而我就站在那儿看着它，看了很长时间，以至于屋里的女人以为我是个小偷或是个疯子，于是拿起一尊圣母像重重地敲着窗子。

我打手势让她出来，问她我可不可以买那只鸟。

"不行不行不行！"她说，"Quell'uccello è mia vita!"（"那只鸟是我的生命！"）

"什么，你的整个生命？"

"Si si si! Mio marito è morte, mio figlio sta nell'esercito e ho soltano un rene."（"我丈夫死了，我儿子在当兵，我只有一个肾。"）

情形看起来对我俩都不好。她紧紧地抓着圣母像。

"Se non fosse per quell'uccello e il mio abbonamento alla *National Geographic Magazine* non avrei niente."（"要是没了这只鸟和我订阅的《国家地理》杂志，我就什么都没有了。"）

"什么都没有了？"

"Niente! Rien! Zilch!" [1]

她砰地关上门，把圣母像放进了窗前的鸟笼里。我感到没有翅膀，又着了地，只好灰溜溜地去找杯浓咖啡喝。

这是个非常美丽的岛——蓝色、乳白色、粉红色、橙黄色。可那天我成了色盲。我想要那只鸟。

那天晚上，我偷偷回到那座公寓前，透过窗子往里看。那个女人懒洋洋地躺在椅子上，昏昏沉沉地看着意大利语配音的《蝙蝠侠》。

我来到她的门前，试了试门把手。门没锁！我悄悄地推开门，蹑手蹑脚地进了小小的屋子，房间里到处是手工钩织的花边织物和塑料花。那只鸟打量着我——"漂亮男孩儿！漂亮男孩儿！"在这样的时刻谁还在意是男是女呀？

我踮着脚尖，滑稽而又认真地走到鸟笼前，打开铁丝网的笼门，捉住了鸟。它很高兴地跳到我的手指上，可这时候那个女人有些惊觉起来，随后那只鸟叽叽喳喳地唱起了什么重归索伦托的歌来。

我飞快地拿起一块花边小桌布罩住了它的钩嘴，然后赶紧溜出

---

1. 意大利语，原文中没有英译文，概因其意可从上文推知，即强调"什么都没有"之意。

房间，跑到巷子里去了。

我是个小偷，我偷了那只鸟。

六个月来我惴惴不安地住在岛上我自己的一个地方，不愿回家去，因为我不能把鸟关起来。我的伴侣过来看我，问我为什么不愿回家住。我说我不能回家——因为那只鸟。

"你的工作在出问题，你的感情也在出问题——忘掉那只鸟吧。"

"忘掉那只鸟！"我不如把自己也忘掉。当然这正是问题所在——我早就忘掉了我自己，早在有了这只鸟之前。我想以一种混乱的、令人发疯的方式继续忘掉自己而同时也找到自己。当这只鸟叫我名字的时候，我的感觉仿佛是刚刚听到它——不是第一次，而是在很久以后，像一个人刚从昏迷的梦中醒来。

"邦焦尔诺，银儿！"这只鸟每天都在提醒着我的名字，也就是说，提醒着我是谁。

我希望我能说得更清楚些。我希望我能说："我的生活没有光，我的生活在活吃我。"我希望我能说:"我的精神正在崩溃,所以我偷了一只鸟。"严格地说,这是真的,所以警察才放了我,没有因为我偷了一只别人心爱的金刚鹦鹉而指控我犯了盗窃罪。那位意大利医生给我开了百忧解[1],并且安排我多次去伦敦塔维斯托克诊所治疗。那个失而复得鹦鹉的女人也很同情我,虽然她或许失去了一只鹦鹉,但她毕竟不是个心肠冷酷的人。她给了我一摞旧的《国家地理》杂志好让我在精神病院里读,因为比萨饼店的那个好人告诉她,我以后所有的日子就要在那里度过。

我以后所有的日子[2]。可到现在为止我还从来没有歇息过,我总是在跑,飞快地跑,快得太阳都来不及照出我的影子。现在好了,我到了这里——在半道上,迷失在一座昏暗的森林里——这个但丁的昏暗森林[3],没有火把、没有向导,甚至连一只鸟也没有。

---

1. 一种治抑郁症的处方药。
2. 原文此句为"The rest of my life." 这里的 rest 已被作者取"歇息"之意用,故有下句中"歇息"的联想。英文中的双关语在这里无法前后照应译出,只好补以此注。
3. 但丁的《神曲·地狱篇》的开头:"就在我们人生旅程的中途,我在一座昏暗的森林之中醒悟过来,因为我在里面迷失了正确的道路。"但丁在《飨宴篇》里所说的一番话可作为解释:"我们因此 定要知道,正好像一个从没有到过城里的人不能走正确的路,除非由一个已经走过这条路的人指点给他看;所以踏进人生的迷误的森林去的青年不能走那正路,除非由他的长辈指点给他看。"

心理医生是个和蔼、聪明、手指甲非常干净的男人。他问我为什么没有早点儿来寻求帮助。

　　"我不需要帮助——至少不是这种的。我会自己穿衣服，会烤面包，会做爱，会挣钱，会理解事物。"

　　"你为什么偷那只鸟？"

　　"我喜欢那些关于会说话的鸟的故事，尤其是那个讲齐格弗里德[1]被啄木鸟带出森林找到宝藏的故事，齐格弗里德听其他鸟的话真是够愚蠢的。我想那个在我生活的窗格[2]上啄个不停的声音也许是在说我也应该听一听。"

　　"你认为那只鸟在跟你说话吗？"

　　"是的，我知道它在跟我说话。"

　　"除了那只鸟你没有可以说话的人吗？"

　　"不是我在对鸟说话，是鸟在对我说话。"

　　很长的停顿。有些事情是不该在人前说的。见上述对话。

　　我试图纠正这个过错。

　　"我去看过一个心理医生，她给了我一本书，书名叫《没有织成的网》。坦率地说，我宁可听鸟说话。"

---

1. 德国著名民间史诗《尼伯龙根之歌》（*Nibelungenlied*）以及其他中世纪日耳曼民族史诗中的英雄武士。
2. 原文"the pane of my life"中的 pane 同 pain(痛苦) 音，为谐音双关语。

这下我把情况搞得更糟了。

"你还想要只鸟吗？"

"那不是一只普普通通的鸟，那是一只知道我名字的鸟。"

医生靠回到椅子上。"你记日记吗？"

"我有一套银色的笔记本。"

"它们是一致的吗？"

"是的，我从同一家百货商店买的。"

"我是说，你记的是你的一种生活还是几种？你有没有觉得你的生活也许不止一种呢？"

"那当然啦。光讲一个故事是不可能的。"

"也许你应该试一试。"

"你是说有开头、中间和结尾的那种吗？"

"差不多吧——是的。"

我想起了巴比·达克和他那些干净整洁的棕色笔记本，还有那个凌乱的破夹子，想起了普尤从光里扯出一个个故事来。

"你知道《化身博士》的故事吗？"

"当然了。"

"那好，为了避免两个极端，我们有必要把所有的生活都看成是在两头之间。"

海马在他的口袋里。

达克在海滩上走着。

月亮刚出来，弯弯地躺在那儿，仿佛被那将沙子卷到他靴子周围的风吹翻了个儿。

他朝拉斯角望去，觉得在灯的玻璃罩里看见了普尤的身影。海浪凶猛而迅速，一场风暴即将来临。

1878 年，他的五十岁生日。

当罗伯特·路易斯·斯蒂文森问他是不是可以去看他的时候，他很高兴。他们会一起去灯塔，然后达克会带他去看那个著名的化石岩洞。他知道斯蒂文森对达尔文的进化理论很着迷，但他不知道斯蒂文森去看他另有目的。

他俩坐在壁炉的两边聊天。两人都喝了很多葡萄酒，斯蒂文森脸色红润，兴致勃勃。达克有没有想过，所有男人都有一些来自古老本能的特性？他们自身的某些部分就像没有洗印的底片？黑暗中的影像，没有显影但却存在？

达克感觉到自己的呼吸急促起来，他的心在跳。斯蒂文森的话是什么意思？

"一个人可以是两个人，"斯蒂文森说，"而他自己却不知道，或者，他也许发现了这种情况，觉得只好这样做人。这两个人是很不同的两种人，一个正直忠诚，另一个也许比猴子好不到哪儿去。"

"我不同意人曾经是猴子的说法。"达克说。

"但你同意所有人都有祖先。那么，我们凭什么说，在你的血液里没有潜伏着一只缺乏实体的早已远走的恶魔呢？"

"在**我的**血液里？"

"或者说我的，我们每一个人的。当我们在说一个人表现出他的品性的时候，我们实际上在说什么？我们难道不是在说，这个人身上一定有更多的东西，多于我们知道的那部分，甚至可以说多于他对自己的了解吗？"

"你觉得我们对自己就这么缺乏了解吗？"

"我不想这么说，达克，我的意思是，一个人也许了解自己，但他往往会为自己的品性而骄傲，为他的诚实正直而骄傲——这个词算是说到了家——**诚实正直**（integrity）——我们用这个词来表示美德，但它还有'完整'的意思。那么，我们中间有谁说得上是完整的呢？"

"我们都是完整的，我希望。"

"莫非你是存心要误解我的话不成？"

"你这是什么意思？"达克说，他的嘴有些发干。斯蒂文森注意到他像是在拨弄念珠似的玩弄着他的表链。

"要我直说吗？"

"请说吧。"

"我在布里斯托尔……"

"我明白了。"

"我碰到了一个水手，名叫——"

"普赖斯。"达克说。

他站起身，走到窗前往外看。他回到自己的书房，里面充满了用得很旧并且令人熟悉的东西，这时，他觉得自己像是个陌生人，在他自己的生活中。

"那我就告诉你吧。"他说。

他在讲，讲事情的整个经过，从头到尾，但他听见自己的声音很远，像是另一个房间里的人在说话。他在偷听他自己，他是在跟自己说话，他需要告诉他自己。

要是那天我没有在伦敦再次见到她，也许我现在的生活会大不一样。为了我们的下一次会面我等了一个月，在那个月里我什么别的也不想。我们一见面，她就马上转过身去，要我解开她的裙子。裙子上有二十个扣子，我记得我数了。

她从裙子里脱身而出，放开她盘着的头发，然后亲我。她放纵起自己的身体来，她的身体，她的自由，她给我的那种感觉让我害怕。你说我们不是一个人，你说我们实际上是两个人，不错，我们是两个人，但我们是一体的。就我自己来说，我被巨浪击成了碎片。我是教堂窗子上早就破碎了的彩色玻璃。我看见到处都是我自己的碎片，我在拾掇这些碎片的时候割伤了我自己。她身体上红一块青一块，那些颜色是我对她的爱，是我的彩色部分，不是又厚又重的那部分玻璃。

我成了一个玻璃人，但我的里面没有能照亮海面的灯。我指引不了任何人回家，救不了任何人的命，即便是我自己的。

她来过这里一次，不是这个屋子，而是灯塔，这让我得以忍受继续住在这里。每天我走我们一起走过的路，试图找出她的痕迹。她曾经一路抚摩过防波堤，曾经坐在一块岩石旁边背对着风，她把这个荒凉的地方变得丰沃。她的一部分在风里，在罂粟里，在海鸥俯冲的运动中。我看哪儿都能发现她的影子，尽管我不会再见到她。

我发现她在灯塔里，在扫过海面的长长闪光中；我发现她在岩洞里——神奇，不可思议，但她确实在那儿，她的曲线被封在活的岩石里。当我把手放进岩石的缝隙时，我摸到的是她，她那带着海盐味儿的光滑，她的锋利的边缘，她的弯曲和洞隙，她的记忆。

达尔文曾经对我说过一些让我很感激的话。我一直努力在忘却，努力不让我的心思飘到一个它回不了家的地方。达尔文知道我焦虑不安，虽然他不知道是什么引起的，于是他带我去了安姆帕尔泊——那个转折点，在那里他搭着我的肩膀说："没有什么会被忘掉，也没有什么会失去。宇宙自身是一个广大无边的记忆系统。如果你回头看，你就会发现这世界在不断地开始。"

1859 年，

查尔斯·达尔文发表了《物种起源》，理查德·瓦格纳完成了他的歌剧《特里斯坦与伊索尔德》[1]。这两部作品都是关于世界的开始的。

达尔文——客观、科学、经验的，可以量化。

瓦格纳——主观、诗意、直觉的，神秘莫测。

---

1. 德国作曲家瓦格纳（Richard Wagner，1813—1883）根据同名中世纪浪漫传奇改编的歌剧。剧情大致如下：孤儿特里斯坦自幼在其叔叔马克（康沃尔国王）的抚养下长大成人。特里斯坦在一次比武中杀了爱尔兰骑士莫罗尔德，自己也受了重伤。他隐名改姓去求治于爱尔兰王的女儿伊索尔德，她虽是莫罗尔德的未婚妻，但却有家传的医治妙方。伊索尔德发觉了他就是杀死自己未婚夫的凶手，但她却宽恕了他，而且悉心照料他，因为她已经深深地爱上他，而特里斯坦也爱上了她。伤愈后，特里斯坦回到康沃尔，不久他受马克王派遣来到爱尔兰请求把伊索尔德嫁给康沃尔王为后。在回康沃尔的船上，伊索尔德因自己爱特里斯坦太深，无法忍受嫁给马克王，决定服毒药自尽，特里斯坦也服了毒药。但伊索尔德的侍女以爱的药水代替了毒药。到康沃尔不久，他们在宫中花园里幽会，被国王与他的侍从发现。特里斯坦被一个叫梅洛特的骑士刺杀，受了重伤。特里斯坦的随从把他带回了他的老家，伊索尔德也随后追他们而来，等她赶到后，特里斯坦便在她的怀抱中死去。她伏在他的尸体上，悲痛而死。

在《特里斯坦与伊索尔德》中，世界缩成了一条船、一张床、一盏灯、一剂爱的药水和一个伤口。世界被包容在一个词里——伊索尔德。

浪漫主义的唯我论说，除了我们俩什么都不存在，这和达尔文理论所说的自然世界的多样性实在是大相径庭。这里，世界和它里面的所有一切都在形成，再形成，不知疲倦，无休无止。自然的活力和生机是无关道德、不动感情的，弱者亡，强者存。

特里斯坦，虚弱，受了伤，本来是应该死的。但爱情使他得以康复，而爱不属于自然选择的部分。

爱是从哪里开始的？什么样的人在看另一个人的时候会在他们的脸上看到森林和大海？有没有过这样的一天，你筋疲力尽，拖着食物回家，胳膊上伤痕累累，而你突然看到了黄色的野花，于是你想也不想地采了它们，不为别的就因为我爱你？

在用来记录我们的存在的化石里没有爱的痕迹。你看不到坚硬的地壳里保存着爱，等着被人发现。我们祖先的长长的骨头里没有显示出任何情感，他们的最后一顿饭有时候会被保留在泥煤或冰里，但他们的心念和感情却已灰飞烟灭。

达尔文颠覆了造物主创造并完成的稳定恒常的秩序。他的新世界是流动、变化、尝试和摸索、层出不穷的标新立异、偶然意外、决定命运的实验和中大奖一般的成功概率。而地球正好是那个印着中奖号码的蓝色小球，独自浮动于浩瀚的宇宙之中，地球是个幸运号码。

达尔文和他的同事们仍然不知道地球和地球上的生命有多古老，但他们知道其比《圣经》上所说的四千年历史要古老得多，古老得难以想象。现在，时间需要以数学计算的方式来领会，它已经无法再被想象成像《创世纪》里的宗谱那样一贯下来的一代代的生命周期了。时间的距离太遥远了。

然而，人类的身体依然是度量一切的标准，这是我们最了解的衡量方式。这可笑的六英尺[1]围住了地球和它的一切。我们用脚表示英尺，用手测量马匹的高度，用指距表示间距[2]，因为这些是我们所知道的。我们靠我们的身体来感知这个世界，我们的身体是我们的实验室，没有它我们无法做实验。

---

1. 六英尺为一般的人体高度。
2. 原文中分别是 feet、hands 和 spans，这些词都是度量单位，又都是人的身体部位。其中 hand 和 span 作为度量词对中国读者来说也许比较陌生；前者常用来测定马的高度，1 手相当于 4 英寸（约 10 厘米）；后者是手掌全部张开时从拇指尖到小指尖的距离，相当于 9 英寸（约 23 厘米）。

它也是我们的家,是我们唯一真正拥有的家。家是心之所在……

这个简单的形象却很复杂。我的心脏是一块有四片瓣膜的肌肉,它一天跳动十万一千次,每分钟向我的身体输送八品脱[1]的血液。科学可以给心脏做搭桥手术,但我不能。我说我把心给你,但我从来没有这样做。

我没有吗?在记录我的过去的化石里有证据显示,我的心不止一次被拿走过。而这病人活了下来。

残肢断体,被钻了孔的头骨,但没有心脏的迹象。挖得再深些,会有个故事,它被时间分了层,但像现在一样确实。

_____

1. 英、美计量体积或容积的单位。1 品脱(英)=0.5683 升。

给我讲个故事吧，银儿。

什么故事?

特里斯坦与伊索尔德的故事。

Lighthouse
Keeping

第八章

有些伤口

有些伤口永远愈合不了。

第二次将剑刺进去的时候，我对准了第一次刺进的地方。

那个地方很脆弱——那个我以前被人发现的地方。我的虚弱被你的爱覆上了一层表皮。

在你给我治好伤口的时候我就知道，这伤口还会重新裂开。我知道这是不可避免的，就像命运一样，而同时，我也知道这是一种选择。

爱的药水？我从来没喝过。你喝过吗？

我们的故事非常简单。我去把你带回来是为了另外一个人，而我却赢得了你。不可思议，他们后来都这么说，确实是，不过不是那种处心积虑得来的结果。

我们在爱尔兰。天底下还有这样一个潮湿的国家吗？我得把我的头脑拧干了才能清楚地想事情。我懵懵懂懂，如一团晨雾。

你有个情人，我杀了他。这是一场战争，而你的情人落了下风。在我杀死他的时候，他也给了我致命的伤，就是说，他给我的伤只有爱情才能让它痊愈。要是失去了爱情，那伤口就会一直鲜血淋漓，就像现在一样鲜血淋漓，浸湿了床，刺破的伤口形如锯齿。

我不在乎死亡。可你出于怜悯收留了我，因为你不知道我的名字。我告诉你我叫坦特里斯，而你就爱上了作为坦特里斯的我。

"假如我是特里斯坦你会怎么办？"有一天我这样问你，我看见你的脸色变得苍白，你拿起一把匕首。你完全有权利杀我，我朝你仰起了脖子，喉结微微颤动，可在闭上眼睛之前，我笑了。

等我重新睁开眼睛的时候，你已经放下匕首，握住了我的一只手。我觉得自己就像一个小孩子，不是英雄、不是勇士，也不是情人，只是一个躺在一张大床上的小男孩儿，那一天的日子在围着他转，如梦如幻，缓缓悠悠。

房间很高很蓝，是钴蓝色的，有橘黄色的炉火，你的眼睛是绿色的。虽然迷失在我们爱情的缤纷色彩中，可我却从来没有忘记过那些颜色。现在，躺在这里，我的血把床单染成了褐色，而我记得的是蓝色、橘黄色和绿色。一个躺在一张大床上的小男孩儿。

你在哪里？

我们没有说话，你坐在我旁边。你是强者，而我都无法站起来。你握着我的手，用拇指和另一根手指轻轻抚摩它，你触摸到了我心里的另一个世界。在那之前，凭着身上的累累伤痕，我很清楚我是谁，我是特里斯坦。现在，我的名字倒回去了，我自己也倒回去了，散成一缕缕的感觉。人原本就是由这一缕缕的感觉交织出来的。

在我就要从海上启程返回康沃尔的时候，你出来了，站在一块窄窄的岩石上，我们彼此相望，直到隔得很远很远，远得只有我们俩才分得清岩石、船只和人。

海消失于无际，天到了尽头。

后来，康沃尔王马克派我来接你回去与他成亲。

你说你想杀死我。

我再一次将身体迎向你，而你再一次丢下了刀刃。

当你的侍女拿来那喝的东西的时候，我知道你想毒死我。在康沃尔的海崖下，马克王在他的船里正准备迎接我们。我喝了那水，因为那就是水。你的侍女给了我水，你也喝了，就在那时候，水手们落下了锚，船猛地往边上一倾，你倒下去，我马上过去接住你，把你抱住。第一次你被我抱在了怀里，你叫了我的名字："特里斯坦。"

我回答你："伊索尔德。"

伊索尔德。世界变成了一个词。

我们为夜晚而活。你窗里的火把是我的信号，在它点亮的时候，我躲开，当你熄灭它时，我就来找你——秘密的门，幽暗的走廊，被禁止的楼梯，把恐惧和规矩当蛛网一样拂到一边。我进入了你的身体。你包容了我。身子挨着身子，在床上，我们可以睡觉，可以做梦，要是听到你的侍女那哀痛的哭声，我们就说那是哪只鸟或哪条狗在叫。我绝不想醒来，白天对我毫无用处，光明是个假象。只有在这里，太阳已被处死，时间被捆上双手，我们才是自由的。囚禁于彼此的身体之中，我们自由了。

当我的朋友梅洛特设下圈套的时候，我想我是知道的。我直面死亡，正如我以整个身体面对爱情，我会让死亡像你进入我那样进入我。你曾经由我的伤口进入我的血管，顺着它们缓缓流动，循环的血液又回流到心脏。你在我的身体里流动，你让我在你的臂腕中

170

像女孩子一样赧然羞红。你在我的动脉里，在我的淋巴里，你是我皮肤之下的颜色，如果我割破了自己，伤口里流出来的是你。鲜红的伊索尔德，活生生地在我的手指上，永远是血的力量，将你推回到我的心脏。

在马克王发现了我们之后的打斗中，我一直在门口和他们打斗，直到你逃了出去。之后，我终于和梅洛特面对面，我的朋友，我信任的朋友，我持剑对准他，满身鲜血。当他对我举起剑时，我扔下我的剑，挺身过去让他的剑刺入我的身体，就在我肋骨的下面，还没有完全愈合的伤口顿时开裂了。

我醒来后发现我在这里，在我自己的城堡里，我的仆人护卫我渡过大海，将我送到了这里。他告诉我他已派人去接你过来，是啊，海上一定有船帆了吧？我能看见它像爱一样疾驶而来。他爬上了瞭望塔，但是海上没有船帆。

我把手放进我肋骨下面那血淋淋的伤口里，她的名字从我的手指间滴下来：**伊索尔德**。你在哪里？

特里斯坦，我也没有喝那东西。没有什么爱的药水，只有爱。

我喝下的是你。

特里斯坦，醒一醒，别因为这伤口而死。跟我一起度过这黑夜，我们早上一起死。

他的目光已经暗淡，他的呼吸已经平静。我最初看见他的时候，他就是这样平静、暗淡，我把他吻活了过来，虽然他绝不会知道那就是我的方式。

特里斯坦，这世界被造出来是为了让我们能在其中找到对方。现在这世界已经开始消退，正在退入大海。我的脉搏随着你的在一起衰弱，死亡会把我们从分离的折磨中解脱出来。我不能和你分开。我就是你。

这世界没什么，是爱造就了它。

这世界消失得不留痕迹。

只有爱还在。

壶里的大力参孙茶喝完了。

达克和普尤一如往常在沉默中喝着茶，达克打破了沉默。

"你还记得来看我的那个人吗？"

普尤吸了吸烟斗后开了腔。

"是达尔文吗？哦，是的，我记得他，他来那会儿，索尔茨就像一块爬满了老鼠的大奶酪。"

"我早上醒来的时候在一个世界，晚上睡觉的时候在另一个世界。"

"那不过是他的一个幻想，牧师。一个小男孩儿在玩贝壳。"

"不，那不是幻想，普尤。世界比我们想象的要古老得多，它是怎么形成的我们几乎不知道。"

"那你是不相信上帝在七天里创造了世界喽？"

"是的，我不相信。"

"嗯，这对你是够难的。"

"是的，很难，但还没有其他一些事情难。"

又是一番沉默。达克在椅子里挪动了一下身子，以便重新系好他的靴子。

"你还记得来看我的那个人吗？"

说话之前，普尤跟火车头似的喷起烟来。

"是斯蒂文森吗？哦，是的，他在这灯塔里跑上跑下的都没咳嗽过一次，虽然他们说他肺上的窟窿眼比鳕鱼网的孔还要多。"

"他出版了这本书，今天送来的。"

达克把书递给普尤，普尤的两只手抚摩着封面，摸着覆在上面的皮子和压印的字——**化身博士**。

"是说看灯塔的吗？"

"在某种意义上可以这么说——如果保住光明是我们所有人必须做的一件事。"

"哦，是的，我们确实都得这么做。"

"斯蒂文森的这本书讲的是一个叫亨利·杰基尔的医生的故事，他是一座笔直的灯塔，一个闪闪发光的榜样，一个非常睿智并且闪耀着人性光芒的人。"

"是吗，那么……"普尤说，他重新给烟斗装上烟丝，感觉到这里有故事。

"是这样，杰基尔医生靠一种药可以在他的实验室里让自己改头换面，他能随意把自己变成一个黑乎乎的畸形矮小的名叫爱德华·海德的怪物，这是一个臭名昭著的恶魔。可古怪的是海德能做所有杰基尔内心渴望做的事。一个高尚正直，而另一个卑鄙邪恶。虽然他们看上去截然有别，但一个可怕而令人不安的事实是，他们是同一个人。听听杰基尔是怎么开导他自己的：

　　"我告诉我自己，如果每个人都可以栖身于不同的身份的话，生活就会从所有那些不堪忍受的事情中得到解脱。卑鄙的那个可以不用承担他那正直的孪生兄弟的抱负和同情心而自行其道；正直的那个也可以安心踏实地走他的高尚之路，乐善好义并且乐在其中，不用再为与他无关的罪恶之行蒙受耻辱和痛悔不堪。"

　　普尤吸了吸烟斗。"我宁可跟一个身体干净的坏蛋在夜里一块儿走，也不愿跟一个道貌岸然的圣人搭伴儿。"

　　"这个叫海德的家伙无恶不作，甚至干起了杀人的事。这样，一段时间之后，杰基尔发现自己还是海德，即使在他喝了药之后他也不能让自己变回杰基尔。最后，海德完完全全地占据了他。

　　"我现在看到的这只手足够清楚，在伦敦早晨的黄色灯光下，它微微张开着搭在被子上、干瘦、青筋缠结、指节突出，灰惨惨的皮肤上长了一层浓密的毛。这是爱德华·海德的手。"

　　达克停顿了一会儿。"普尤，当斯蒂文森米看我的时候，我们坐在我的书房里聊天，他问我是不是认为一个人可以有两种本性：一种跟猴子差不多，狂暴起来兽性大发；另一种不断地追求自我完善。当然，这主要得怪达尔文，都是他那套关于猴子的胡话惹出来的，尽管我知道他的说法遭到了很多人的误解。我告诉过斯蒂文森，我不相信人是由猴子变来的，或人和这样的动物有什么共同的遗传特征。"

"好啊，说得好。"普尤说。

"后来，斯蒂文森说他最近去了布里斯托尔，在那里碰到了一个水手，叫……"

"普赖斯。"普尤说。

"没错。于是我把能说的一切都告诉了他。你明白吗，普尤？能说的一切。"

说到这里，达克又停顿下来——这回时间更长，像一个很难说出来的念头。

"你还记得来看我的那个人吗？"

普尤从嘴里拿开烟斗，马上回答道："哦，是的，泰尼布里斯太太。"

"她结婚以后姓勒克斯，结婚前的姓是奥罗克。"

"她是个漂亮的女人。"

"是你允许我把她带到这里来的，我很感激你这份好心。"

普尤摆了摆他的烟斗。

"你明白吗，普尤？我是亨利·杰基尔。"他停顿了一会儿，看着他的手。它们结实，修长，谨慎。"我是爱德华·海德。"

沿岬角吹来的是一阵南风，把他的头发推往脸的后面。他五十八岁，头发依然浓密，但白得像他扔给他的狗咬着玩的那些晒白了的骨头——他不用木棍儿。

显而易见的等式是：达克 = 杰基尔，勒克斯 = 海德。然而，不可思议的真相却是，在他的生活中，达克 = 海德，勒克斯 = 杰基尔。

他继续走着——手上不停地把它翻着个儿，就像他多年来一直习惯的那样。他从口袋里掏出了海马——他失落的时光的象征。

斯蒂文森并不相信达克的话，达克跟他说，他生活中所有好的部分都是在布里斯托尔和莫莉一起度过的。只有勒克斯是善良的、有人性的、完整的。达克是一个伪君子、一个通奸者、一个撒谎的骗子。

"但他是我，"达克说，"所以我必须容忍他，即使我恨他。"

难道他现在——即使是现在——就不能改变他的本性了吗？现在怎么就太迟了呢？

他明白，莫莉来到索尔茨的那次是他最后的机会，他的自由。她来是为了宽恕他、拯救他。她想带他走，她想和他一起在那天晚上搭客船从索尔茨消失，去法国。

他为什么没走?

他在这里的生活让他憎恨。他每年和她在一起的两个月曾经使他得以忍受这里的生活。她是他翻了个儿的船上的透气孔。

现在，他沉下去了。

他拿出被磨得伤痕累累的笔记本，看起那天记下的东西来。

莫莉回到了布里斯托尔，我不接受她那让我们在法国开始新生活的计划。我没有动摇！我没有动摇！我没有动摇！

他合上笔记本，把它塞进了兜里，然后继续往前走，观察着悬崖的底部是如何遭受侵蚀的。

给我讲个故事吧，银儿。

什么故事？

我们怎么相遇的故事。

爱是一个不带武器的闯入者。

　　船正在驶入雅典的港口。

　　这是最后一班船，港口周围的灯已经亮了起来。我已经等了大约一个小时，在其他人的旅行背包、冰激凌和抽个没完的香烟中。他们像我一样，要在天黑之前赶到一个岛上。

　　船上挤了一堆阿尔巴尼亚人，像是被打了真空包装似的。一家子有四代人：曾祖母，像被风干的红辣椒，深红色的皮肤和火辣辣的脾气；祖母，像被完全晒干的西红柿，坚韧，不好嚼，皮肤被晒得干裂，正让孩子们往她的胳膊上抹橄榄油；母亲，湿润得像紫红色的无花果，到处都打开着——衬衣、裙子、嘴、眼睛，一个敞开的女人，嘴唇舔着从敞开的船边飞来的海水沫。再就是孩子们，一个四岁、一个六岁，两个小不点儿，玩兴浓得跟柠檬似的。

我坐在自己的行李上，生怕它会消失在他们那些堆得像仓库似的捆着绳子的箱子和袋子中间。当我们抵达那座岛时，他们的男人正牵着他们的骡子在等候。整个一大家子跨上了骡背上的木鞍座，光脚骑着骡子走进陡得跟梯子似的小巷里，走向一层层阶梯似的白色房子。当我们渐渐远离灯光摇曳的港口，远离张灯结彩的度假氛围的时候，房子也在变得越来越暗。

伊兹拉岛：一个骡背和四条腿的岛，岛上唯一看得到的轮子属于当地的垃圾车。

我朝港口的岔路走去，躲着那些挥舞着龙虾、容易激动的饭馆老板，和那些拿着跟足球奖杯一般大的壶给客人倒冰镇果汁朗姆酒的殷勤服务生。

我在找一个地址。

有个保安很神气地站在一艘停泊着的游艇旁边。游艇的主人们一个个衣着光鲜地在吃晚餐，应该说正要吃吧——女人们把空叉子举到亮莹莹的饿极了的嘴唇边，牛排一样肤色的男人们在喝高脚杯里的克鲁格香槟。我知道那是克鲁格香槟，在服务生倒酒的时候我看见了瓶子的形状。

我把地址拿给保安看，他摇了摇头——他也只是在这里待一晚。"你可以到我那儿待着去。"他说，向我眨了眨眼，"我在游艇上有个不错的铺位，我可以在早上五点钟左右的时候去那儿找你，那会儿你也歇上一段时间了。"

我挺喜欢他。我放下了行李，他给了我一瓶啤酒。我们开始聊了起来。

"他们这家是新西兰的，"他说，"挺好的雇主。这世界我都跑遍了，明天我们要去卡普里岛，去过卡普里吗？"

我开始说起那只鸟来，但一转念又打住了话头，转而问起他的情况来。

"只是漂着吧，"他说，"如果你不怪我玩字眼的话。我打算这么干几年，也许我会碰上个什么人，找个地方安顿下来——也许自己买条船做做生意什么的——谁知道呢——反正有的是时间。"

"你得在这里站整整一晚上吗？"

"是啊，整整一晚上。"

"你干这个之前做什么呢？"

"我原本有老婆，后来散伙了。被甩了，被赶出来了，看出来了吗？"

是的，我看出来了。

"完了，就那样。得重新开始，得拿出信心来。得接着往前走，不要回头看。没什么好后悔的。"

他就是那样说的，说得跟念曼怛罗[1]似的。我不知道这话他一天得说多少次才能应验。这是敷在他心上的一贴膏药。

可我不知道怎么在自己的心上敷贴膏药。

我谢了他的啤酒，然后提起行李。

"你肯定不想那早上五点钟的事啦？"

是的，我肯定。这不是寻求奇遇的夜晚。我想去从一个朋友的朋友那儿租来的地方，那地方我还没见到过。我有钥匙但没有怎么走的指示——这倒是像生活。当我拖着步子不停地爬着那些陡陡的被刷白了的台阶时，那些坐在屋子外面的希腊老太太打量着我，有时候还会用希腊语跟我打个招呼：Kalispera——晚上好！

最后，我大汗淋漓，背包不停地撞着我的身体。我终于找到了那座房子厚重的栗色大门。我用力推门进去，惊动了一只小猫，它像好运气一样立刻消失了。在火柴的光焰下，我穿过地板上的白漆

---

1. 佛教经典（尤指四吠陀经）中用于祈祷、冥思或咒语中不断重复的咒文。

泛出的鬼魂似的光影，想找到屋里的灯。

我没找到灯，于是，我扔下包，点亮蜡烛，拿出了我带来的一瓶葡萄酒、面包、橄榄油和香肠。我找到了一把钝了的刀（为什么刀子总是钝的）、一个盘子和一个酒杯，来到屋子的平顶上疲惫地坐了下来，从这里望出去可以看到下面的海。

夜很静，可以听到狗的叫声和破空飞过的蝙蝠发出的剪刀一般的声音，但没有人声，除了电视的声音隐隐地从后面的房子里传出来，我可以看见那屋子里的墙上挂着一个十字架，一个老太太正在换睡衣。

我打开了葡萄酒。喝着挺醇厚，口感不错。我开始觉得好些了。

我脚下的石头暖暖的。后面房子里的老太太出来给她种的西红柿浇水，我听得见水管的咝咝声和她姐姐在屋里跟她说话的声音。她姐姐先爬上了床，一边看着电视一边大声地说着电视里的新闻。我能闻到烤沙丁鱼的味道。山里头看夜的狗开始叫起来——水泥墙发出了汪汪的回声。

汪汪、汪汪、汪汪、汪汪，总是不太清楚这声音从哪儿来，总是不太清楚夜晚的声音从哪儿来。

那只会说话的鸟的事情过后，塔维斯托克诊所的那位好医生老是问我为什么偷书、偷鸟，尽管我只是偷了一本书和一只鸟。

我告诉他我偷书、偷鸟都是为了寻求生活的意义，他非常委婉地告诉我那也许是一种精神病。

"你认为寻求意义是精神病？"

"对意义着魔，不惜破坏常规的生活方式，可以被理解为精神病，是的。"

"我不同意说生活有一种常规的方式，或者说生活有任何平常可言。我们把生活变得平常，但它实际上不是这样。"

他旋弄了一下手中的铅笔。他的手指甲非常干净。

"我只是在问问题。"

"我也是。"

停顿。

我说："你会怎么定义精神病？"

他用铅笔在一张纸上写道，**精神病：和现实失去接触。**

从那以后，我一直在努力弄清楚现实是什么，以便我能接触到它。

旅行、黑夜和葡萄酒让我犯起困来，于是我回到屋子里，在没有铺东西的粉红色床垫上躺了下来。我本应该去找床单的，可我躺在那儿想起了巴比·达克，想象着一百五十年前孤单一人迷失方向是什么样的感觉，想着想着便睡着了。

我梦见了一扇门正在打开。

早晨，我被东正教教堂悠扬的钟声早早地闹醒了。

我打开了百叶窗。阳光强烈得如同一场爱情，我被眩花了眼，心情愉悦，不只是因为这天气温暖明丽，还是因为自然从来不算计什么。没有人需要这么多阳光，也没有人需要干旱、火山、季风、龙卷风，但我们得到了它们，因为我们的世界极为丰富。是我们在整天念念不忘地算计，而这世界就这样倾其所有，慷慨给予。

我来到外面，轻快地走过一块块洒满阳光、大得如同一个个小镇似的石板。太阳像一群人，它是一场聚会，是音乐。太阳的光芒嘹亮地穿过一面面屋墙，敲打在石阶上。太阳击鼓般地把时间敲入石头，太阳在敲打着白天的节奏。

"你为什么害怕？"我问我自己。因为恐惧在所有事情的下面，就连爱也常常歇于恐惧之上。"你为什么害怕，既然你做的任何事情总会烟消云散？"

我决定走向岛上另一端的修道院。

这是一条很陡的坡路，爬上去后进入一条蜿蜒的小路，这里长着灌木，毒蛇出没，没有遮挡太阳的树荫。

没人上这里来，如果有的话，他们会骑骡子来，侧身坐在鞍上。男人们留着奢侈的小胡子，女人们遮着头，光着胳膊。

这里是当地仅有的一处供柴油垃圾车倾倒又脏又臭的垃圾的地方。有一堆垃圾在闷闷地燃烧，如同但丁的地狱一般，散发出一种只有人类才能制造出来的恶臭。我脱下 T 恤衫，用它蒙住头，赶紧逃开，跑到我的肺都已衰竭，但至少我躲开了那最糟糕的地方。

我远离了那个地方，越爬越高，岛在我的下面像一个情人。

我感觉到我在被注视着。路上空荡荡的。我的脚很脏，脚脖子周围都是土。有只食肉的鸟在云间弧线般地飞行——但看不见其他动物或人。

后来我看见了它——中型犬般大小，但看起来像猫，长着一对比猫耳大的耳朵，眼睛很凶。它蹲伏在一座荒废了的修道院外面的一块石头上，像拒绝安慰的施洗者约翰[1]。

这是一只麝猫。

---

1. 《圣经·新约》中的以色列先知，用约旦河水为想赎罪的人施行洗礼，耶稣也曾接受其施洗。约翰因谴责希律王娶其弟之妻希罗底的乱伦行径而遭拘捕。在希律工的生日宴席上，希罗底之女跳舞助兴，希律王大快，答应她要什么给什么。希罗底之女受其母唆使，索要约翰人头。侍从在监狱中将约翰斩首后将其头颅盛于盘中交给了她。

我走近它，近到不敢再往前走的地步，它非但没有逃开反而威胁着要扑上来。

　　我们相互盯视着对方，盯了好一会儿——最后，它终于悄不吱声地溜回了石头后面的一个洞窟里。

　　我一半是麝猫，一半是家猫。

　　对于这一半野性一半驯化，我该怎么办？野性的心想要无拘无束的自由，驯化的心想要回家。我想被抱住。**我不想让你靠得太近。**我要你把我抱起来，晚上带我回家。**我不想告诉你我在哪里。**我想在石头堆里找个谁也发现不了我的地方。**我想和你在一起。**

　　我曾经是个不可救药的浪漫主义者，我现在仍然是。我曾经相信爱是至高无上的，我现在依然保持着这一信念。我并不指望自己会幸福，也不幻想我会找到爱——不管它意味着什么，或者就算找到了爱，这爱会让我幸福。我不把爱看作灵丹妙药，我把爱看作一种自然的力量——像太阳的光一样强烈，是必需的，是不受个人情感影响的，是广阔无边的，是不可思议的，是既温暖又灼人的，是既带来干旱又带来生命的。爱一旦烧尽，这星球也就死亡了。

　　我的人生的小轨道就是围绕着爱而运转的，我丝毫不敢再靠近它。我不是寻求终极交融的神秘主义者，我总是抹了 SPF15 的防晒霜才出去，我保护我自己。

但今天，阳光无处不在，所有实实在在的东西都不过是它们自己的影子。这时候我知道了，生活中真实的东西，我记得的东西，我手里摆弄的东西，不是房子，不是银行存款，也不是奖金或升职。我所记得的是爱——全都是爱——对这条土路的爱，对这场日出的爱，对河畔一天的爱，对我在咖啡馆碰到的陌生人的爱。甚至是对我自己的爱，这是所有事物中最难爱的，因为爱和自私不一样。自私很容易，但爱自己就很难。难怪你这样做我会感到惊讶。

但终究是爱赢了。在这条受着太阳炙烤的路上，这条两边围着铁丝网以防羊群出来的路上，我暂时找到了我来这里寻找的东西，这也清楚地意味着我将会在顷刻之间又失去它。

我觉得自己痊愈了。

在修道院门口，我按响了门铃，然后看着门口的布告耐心等待。

终于，木格栅后面的小门打开了，我看到了一张修女的脸。她拉开门闩，带我进去，对我说着我听不懂的亲切话。她从腰带上取下一块布，抹了抹一把已经被擦得一尘不染的椅子。我坐下来，她低头做了个喝东西的姿势，于是我点点头报以微笑。她用托盘给我端来了浓咖啡、薄饼干和用她花园里的玫瑰花瓣做的果酱。

托盘上有两个杯子。我以为修女想和我一起喝咖啡，但她离开了。我掏出一些钱，去小礼拜堂做捐献。里面有个女人，正跪在那儿祈祷。

"对不起，"我说，"我不是有意要打搅。"

你微笑着站了起来，走到了有阳光的地方。也许是因为照在你脸上的阳光，但我觉得我见过你，在很远的某个地方，在海底的某个地方，在我心里的某个地方。

有时，阳光强烈到足以到达海底。

"我想这杯咖啡是给你的。"我说。

你坐了下来，我注意到了你的手——修长的手指，关节很灵活。如果你抚摩我，会发生什么？

我在陌生人面前有些害羞——那些年，我一直都是和普尤在那座岩石上相伴度过的。我们唯一的客人就是品契小姐，而她并不是人类的典型代表。

那么，现在当我遇见陌生人的时候，我就只有做我唯一知道怎么做的事情了：

给你讲个故事。

普尤

　　和我坐在地板上，边上是烧着木柴的炉子。我们在擦拭从机器上拆卸下来的部件，给它们上油。之前，普尤卸下了铜旋钮和滑动盘，取下了玻璃灯罩，拆下了盘旋在起伏跌宕的大海和海风之上的精巧的摆动柄。

　　每到冬天开始的时候，普尤就会打开机器的罩子，松开螺钉、螺栓，加上一滴透明的机油来润滑机器的运转。

　　他从来不需要看着做这些活儿。普尤们都知道怎么做，就跟鱼儿知道怎么游一样，他说。普尤们生来就是要看灯塔的，他们做的也正是这个，看灯塔。

　　这事来得有些奇怪，也许你这么想，在老乔西耶·达克物色第一个看灯塔的人的时候。

　　每当老达克处于困境的时候，他总是以出去走走的方式来对付，他相信一个行动也许会带动另一个行动。于是，那天在索尔茨他就那么走着，果不其然，他碰上了一个收集蛛丝的人。

乔西耶注意到这个人的第一个地方就是他的手指：长长的，像蜘蛛腿，关节很灵活。他从灌木树篱上取下蛛丝，然后把蛛丝撑在一个他用从树篱上砍下的木条做的架子上。他发明了一个保存蛛丝的办法，把它们卖给那些想给家里的女人带新奇东西的水手，往往还能卖出好价钱。

"你叫什么名字？"乔西耶问。

"普尤。"

"你住在哪里？"

"这里、那里，或者别的什么地方，没个准儿，看是什么季节了。"

"你有老婆吗？"

"没有大白天里认得出我的。"

于是，就这样定下来了。手指灵活、动作快的普尤成了第一个看拉斯角灯塔的人。

"可他眼睛不瞎，对吧，普尤？"

"对，他不瞎，孩子，可故事还没完呐。"

"那好吧……"

"那么，在老乔西耶去世很久以后，在巴比死后不久，索尔茨又来了一位客人。这回不是莫莉·奥罗克，而是她的第一个孩子，苏珊·勒克斯，那个生下来眼睛就瞎了的孩子。

"没人知道她为什么来这里——可她再也没离开过。她嫁给了普尤，尽管他俩的年纪和出身都相差很多——他成天在灌木丛里晃悠，而她生活在一座体面的房子里，他岁数大得可以当她的父亲，而她年轻得他跟她讲什么故事她都信。她有一双跟他一样灵巧利索的手，而不久他的眼睛也变得像她的一样，蓝中泛着乳白。年纪再大些以后，他的眼睛瞎了，可他俩谁也没觉得有什么妨碍，因为他们有着和蜘蛛一样细微灵敏的感觉和能悬挂蛛丝的手。

"他俩的孩子跟他们一样。从此以后，每一个普尤也都是这样。不管是说一个普尤还是很多个普尤，随你愿意，总之，瞎眼的普尤看护着灯塔。"

"那我呢？"

"你怎么了？"

"我不瞎。"

"可你的视力确实有毛病。"

"那我怎样才能看好灯呢？"

普尤微笑着把玻璃罩插回气压计的密封槽里。

"绝不要相信你能看见的东西，不是所有的东西都能看得见。"

我朝远处望去，看着大海的波涛、船和鸟。

"现在你闭上眼睛。"普尤说，他知道我在做什么，我闭上了眼睛。他抓起我的一只手，手指像渔网一样兜住它。

"现在你能看见什么？"

"我能看见巴比·达克正朝灯塔走来。"

"你还能看见什么？"

"我能看见我自己，可我看上去老了。"

"你还能看见什么？"

"我能看见你在一条蓝色的船里，但你看上去很年轻。"

"睁开眼睛吧。"

我睁开眼睛，看见了大海的波涛、船和鸟。普尤松开了我的手。

"现在你知道要做什么了。"

Lighthouse Keeping

第九章

小屋

这是一个爱情故事。

爱上你以后，我邀请你到林子边上的一座小屋做客。孤单、偏僻，栖于陆地高处，靠点蜡烛照明，这小屋是我能找到的最像灯塔的地方了。

每个新的开始都激励着回归。

你乘船、乘飞机、乘火车、乘汽车从伊兹拉岛来到这么远的地方。在你结束这个不同寻常的旅行之后，我们将在车站附近的洗车店会面。

我努力为你准备好一切——堆上壁炉烧的木柴，找来蜡烛，给床铺上我新买的床单，把豆子剥了壳装进一个罐子里，给牛排罩上布不让它们招苍蝇。我带来了一台旧收音机，因为那天晚上有《特里斯坦》的广播节目，我想和你一起收听，喝着红葡萄酒，看着夜晚降临。

我去得太早了，只好洗了两遍车，这样一来，那个起了疑心的印度人就不至于赶我走，也许他认为我是个毒品贩子。我的车是银色的，跟我的名字一样，有点儿招摇，在他看来，我显然是干了坏事才有了这辆车。我想对他表示友好，于是又从他那儿买了一块玛氏巧克力，但他只是坐在柜台后面看着《汽车交易》杂志中的报价表，琢磨我从非法的营生中能赚多少钱。

我来回不停地踱步，就像悬疑片里的人那样。你在哪儿？从车站送你过来的那种小出租车很不好认。凡是在麦当劳外卖站前慢下来的车都被我打量过两遍。我就像一个海关检查员，而你就是走私物品。我应该在小屋里待着的，而你不必。

最后，当我把车擦得锃亮，到了连外太空来的信号都能从汽车发动机罩上弹回去的程度时，我看到一辆栗色的越野车减慢速度朝我开来。你从车的后座出来，我赶紧过去付钱给司机，将一把十英镑的票子跟撒面包屑似的给了他。

我羞得没敢亲你。

小屋是用粗糙的棕色木板搭的，顶棚覆盖着交叠的树皮，上面压着黏土瓦。小屋没有地基，它搭建在离地两米高的一组承重石上。这可以防范老鼠的入侵，但常常能听到夜间的小动物在下面爬动和

198

嗅来嗅去的动静。

那第一个夜晚，在不太稳的单人床上，我醒着躺在那儿，而你睡着了。我听着各种陌生的声音，想着这些声音中最陌生的声音简直是一个奇迹——你就在我身边呼吸。

我煎了牛排，你打开了一瓶圣阿穆尔的葡萄酒。我们把酒倒在厚厚的老式漱口玻璃杯里来喝。我们把门开着，壁炉里的火在地板上映出不同的图案。屋外，月亮在草上洒下朦胧的光影，森林中开始响起了它夜晚最初的声音。

我饿，但我也紧张。你对我来说是那么陌生，我不想把你吓跑，我也不想把自己吓跑。

吸进，呼出。你的节奏和我的不同，你的身体有别于我的身体，一种分明的来自另一个人的陌生感。我把头贴到你的胸膛上。一定是跟小屋的震颤有关，因为在你的呼吸之下，或是透过你的呼吸声，我能听见一只獾的呼吸。

小屋也在呼吸：壁炉里游动着微微的气流，火势正在减弱；炉子上的大壶里烧着水，发出轻微的咝咝声；透过锁眼钻进来的风把沉沉的门闩链子晃出咯噔的响声；风声如同吹响的口琴。

我把我的嘴贴到你的嘴上，你在睡梦中亲我，你的呼吸也随之改变。我躺下来，手放在你的肚子上，跟随着另一块陆地的起伏。

第二天早上，我早早地醒来，身体僵硬，嘴里发干，因为在一张小床上和一个没那么小的情人一起睡觉，谁也不会睡好。我在灯塔里的床很小，但我只需要和狗狗吉姆分享。

我想那天晚上和你睡在一起的时候，我一直是悬躺在床的边沿和企口接合板墙之间的六英寸的空隙上。你躺在正中间，脑袋枕在两个枕头上，打着呼噜。我不想惊醒你，所以我就顺着六英寸的空隙悄悄滑下床，从床底下爬出来，带出来一本落满尘土的1932年的年历。

我套上毛衣，打开门。外面一片浓重的白色晨雾，一切都是湿的，空气中有一股犁地的味道。正是秋季，当地的人在拢地里的麦茬。

我回头看你，这些犹如护身符和珍宝一般的时刻。累积的储蓄——我们的化石记录——和接下来要发生的事情的开始。它们是一个故事的开头，一个我们将会永远讲述的故事。

我踮着脚走向炉子，把沉沉的铁壶拎到屋外。我把壶里的热水倒进一个浅盆，再用塑料油桶里的凉水兑了兑。我用一个小花盆来盛放肥皂和洗发香波，把毛巾挂在一个钩子上，这钩子就打在支撑小屋的其中一根柱子上。然后，我脱掉身上的所有衣服，将水从头上倒下来，水像阳光一样倾泻在我身上。我想象着你在伊兹拉岛，像阳光一样强、一样自由。

我用一条粗厚的蓝毛巾擦干了身子。干净的身子，穿着干净的衣服，还有被湿润的空气净化了的肺。我把你叫醒，端上热腾腾的咖啡、煎肉和鸡蛋。你睡意未消，动作迟缓，穿着我的晨衣半梦半醒地坐在台阶上，在深秋的阳光下微微打着哆嗦。

我喜欢你的皮肤，像呼吸一般的皮肤，生动、温柔。当我碰到你的时候，你的皮肤哆嗦了两下，但不是由于这寒凉的清晨。

你唱着歌洗了早餐的盘子，然后，我们进镇去买肉排和香槟。我们快活极了，以至于我们去哪儿快活也跟我们到哪儿，我居然哄得一个厕所管理员乐呵呵地给你的手机充了电。我们给他买了一大听卡德伯里玫瑰牌的巧克力，他说要把它带给他那得了阿尔茨海默病[1]的妻子。

---

1. 亦称"阿尔茨海默氏痴呆"。根据德国医生阿洛伊斯·阿尔茨海默（Alois Alzheimer）的姓氏命名。

"都是家里用的铝锅害的，"他说，"我们那时候根本不懂。"

在他说话的时候我握着你的手。生命如此短暂，而且充满了偶然性。我们相遇，却不相识；我们走错方向，却依然碰上对方。我们小心翼翼地选择"正确的道路"，可它却不会带我们到达任何地方。

"真是不幸。"我对他说。

"谢谢你们啦，"他说，举起手中的巧克力，"她会非常喜欢的。"

我们开车去了铁桥——工业革命的发源地。光线在河边变得悠长而柔和。不知道是由于光的性质还是因为我对你的感情的明确，这光虽然柔和，但并不模糊。"这不是错觉，"我告诉自己，"它也许不能保持下去，但它是真的。"

我们站在桥上看着下面宽阔的河。我在想象装着铁轮子的铁皮运煤车在滑车的牵引下在铁轨上来回滑动，为蒸汽室添加燃料，推动蒸汽机的活塞，那种蒸汽机仍然美观而且能派上用场。上了油的铁发出的黑色刺鼻气味弥漫在这些蒸汽室中，地上落了厚厚的锉屑，机器噪音震耳欲聋。

这条河是过去和未来。它载驳船，运货物，提供水力，给城市降温，开朗而宽厚地清除淤泥，排走污水。到了夜晚，它变成一个工人们常来消遣的地方，他们下了工来这里钓鱼，站在河岸上，身子被遮住一半。

他们的衣服很厚很重，他们的手上疤痕累累。他们一块儿分着烟抽，传着喝一个石头瓶子里的自酿啤酒。他们把鱼饵放在一个破洗衣桶里，假如你知道在哪里等的话，你能从河里钓到鲑鱼。

在桥上，你走在我的前头。"等一下！"我喊道。你回过头，朝我微笑，然后你低下头来亲我。我回头看去，心中有些不忍地离开我的阴暗的世界，它真实得像真实的世界。是的，那些男人在那儿好好的，他们钓着鱼，抽着烟，松开脖子上的围巾擦脸。那个他们管他叫乔治的人不吭声，因为他的妻子又怀孕了。他已经负担不起另一个孩子了，但他可以再多做一个工，如果他的身体撑得住的话。

在正从河上升起的冷雾中我能感觉到他的忧虑。这么多的生命——一层又一层，它们不难找到，如果你很安静的话，并且知道在哪儿等，像引诱鲑鱼那样耐心地引诱它们。

我叫你去一家小酒馆，看看他们能不能卖给我们一些冰，好用来冰镇一下我们的香槟。你回来的时候手里抱着一个黑色的垃圾袋，里面装着一块因纽特人的冬天。"这是他用铁锹从步入式大冰柜里刨出来的。"你说。因为我的车只有两个座，你只好把它放在膝上，一路上就这样坐着返回我们的小屋。"这就是爱情。"你说。我知道你是在开玩笑，但我希望你说这话是当真的。

在小屋里，我点上了所有的蜡烛，然后趴在地板上，往炉子里吹风。你一边切菜一边给我讲，有一天你在泰国看到了许多小海龟在沙滩上孵化出来，能爬到海里的小海龟并不多，即使到了海里，也有鲨鱼在那里等着它们。大多数日子就像那样消失，被吞没，除了这些日子，这些如同侥幸爬到了海里的小海龟的日子——它们游出去，又回来，从此一劳永逸。

谢谢你，你给了我快乐。

我们在昏暗的光线中站着。我搂着你的臀部，你抱着我的肩。在我们亲吻的时候，我得踮起脚。你的个头对我的小腿肌肉很有好处。

你轻柔地脱下我的衬衣，把手伸进我的胸罩摸起我的乳房来，柔软的胸罩紧贴着我的乳头。你提到了床，我们就躺了下来，你踢掉松开了带子的运动鞋和亚麻裤，露出了棕色的腿。

我们紧挨着，躺了好长一段时间，只是相互抚摩，不说话。然后，你将食指轻轻触到我的鼻梁上，顺着滑下去，放进了我的嘴里。你把我按到你身子下面，亲我，找我身体的水道，发现我已经湿润。

我们的身体在一起动，你把我的身子翻过来，从背后覆盖我，伸着脖子绕过来亲我，舔我上嘴唇上的汗。我喜欢你的重量，喜欢你用它来给我快感。我喜欢你的兴奋，喜欢你不问我和丝毫不犹豫。到了难以按捺的那一刻，你把我托了起来，从我的两腿之间猛推进去。

随后，你趴到我背上，舌头舔着我身上的褶皱，你的双手抚摩着我的乳房，引得我躬身去跟随你，你也跟随着我，直到我的高潮来临。

我已经迫不及待。我让你躺下来，坐在你上面，看你闭着眼睛，头侧向一边。你的手在引导着我，你的动作是如此自信。

感受你是如此美妙。你在我里面，我在你里面是如此美妙，美妙的身体将我们不同的形状构成几何图形。

我们俩都喜欢亲吻，亲得很多。现在躺在一起更是无法分开。我呼吸着你，渐渐入睡。

半夜里，我听到外面有动静。我努力想从这沉沉的性爱睡眠中醒来，因为门外像是有什么人要进来。你也醒了，我们俩就躺在那儿，心怦怦直跳，惊诧着，不知道会发生什么事。过了一会儿，我终于忍受不了这种紧张了，于是我就抓起晨衣，打开了门。

小屋门前的台阶上放着一只垃圾袋，袋子里的冰大部分已经融化，冰水中浮着那瓶香槟酒，像是"泰坦尼克"号的遗物。一只幼獾的脑袋和它身体的四分之三已经钻进了袋子。

我们把它从袋子里弄出来，扔给它一包饼干，因为獾爱吃饼干。这事看起来像是个庆祝的兆头，于是我们就开了香槟酒，回到床上去喝。

"你觉得我们还有多长时间？"你说。

"什么，是说到我们下次做爱，到喝完香槟，还是到早上？"

我睡着了，梦见一扇门正在打开。

一扇扇门打开进入一个个房间，又有一扇扇门打开进入一个个房间。我们推开一道道各种各样的门——格板门、呢面门、平嵌门、釉面门、钢板门、加固门、安全门、暗门、双重门、活板门。一扇只有用一把小小的银钥匙才能打开的禁门。一扇在拉潘泽尔的孤塔[1]中算不上门的门。

你是岩石里的门，当月光照在上面的时候，它终于活动开来。你是楼梯顶上的门，只在梦中出现。你是释放囚徒的门。你是进入圣杯礼拜堂的镂雕矮门。你是世界边缘的门。你是打开后面对一汪星辰的门。

打开我。宽。窄。穿过我，不管另一边是什么，它只能靠这个到达。这个你。这个现在。这个通往一生的特定时刻。

---

1. 格林童话中的一个故事。一个叫拉潘泽尔的女孩在出生时被一个女巫带走关进了森林中的一座孤塔。女巫在每天去看她的时候叫这位美丽的姑娘放下她金色的长发，借此爬上孤塔。有一天，一位王子听到姑娘的歌声，爱上了她。王子效仿女巫的方式爬上高塔，见到了拉潘泽尔，向她求婚，姑娘欣然同意。女巫发现这一秘密后剪掉了姑娘的金发，把她藏到了沙漠中。王子再访时，女巫放下姑娘的金发，骗王子上了塔。女巫告诉王子他再也见不到姑娘了。王子悲伤地跳下高塔，被荆棘刺瞎了眼睛。数年之后，王子碰上了拉潘泽尔，和她生下了一对双胞胎。姑娘喜极而泣，她的眼泪使王子的眼睛复明，他们一起回到了他的王国，幸福地生活在一起。

他的心像灯光一样在跳。

达克在崖头上走着，灯塔上的灯一如既往地每四秒钟闪一次，他的身体服从了灯的节奏。

大海和天空都是黑的，但灯光打开了水面，像是一团火在那儿燃烧。

"你这样做是为了我，"他说，虽然此时并没有人在听他说话，只有崖头上的墨角藻和罂粟，"你像一团火打开了这水面。"

大半个夜晚，他一直在走。如果他不走，他就干躺着，他更愿意走。

那天在灯塔……她已经走了。几个星期以后，他收到了一封信，随信带着一枚嵌着红宝石和绿宝石的别针，他知道他再也见不到她了。

那些年——在那些年以前，他怀疑过她。在他们的孩子苏珊三岁的时候她告诉他，那个他认为是她情人的男人是她的哥哥。一个走私犯、一个逃犯，可毕竟是她的哥哥。

他怎么会听信了普赖斯？他怎么会相信一个敲诈者和小偷？

但她原谅了那一切，而他又一次背叛了她。

他吸了一口气，想吸进这夜晚的冷空气，但他吸进的却是海水。他的身体里充满了海水，他已经被淹没，他不再冒出来喘气了。他在世界的底部飘着，听到它的声音陌生而遥远。他很少能听懂人们的话，他意识到一些模糊的形状从他旁边经过，此外便再也没有什么了。

有时候，当他在水下洞穴中脸朝上漂着的时候，对某件事情的明亮记忆会突然击中他，如同明晃晃的剑面一般，以至于海水都为之分开。他感觉到他的脸急切地浮上去透气，他大口地吞着空气。黑夜中，他四周的水面上躺满了一颗颗星星，他用冲着上面的脚尖去踢它们。他被星星组成了图案。

海水从他的脸上流下来，他的头发往后漂去，他不再是要死的人了。她在那儿，她回来了。

他的口袋里装着那块海马化石。时间的脆弱英雄，还有一个旅程要去完成。

他们蹚着水，他们游着，他们游进了灯的锥形光照中，它像一颗陨落的星星沉入海里。照进水中的光束比他想的要深，照出了通向世界之底的路。他的身体现在已经失去了重量，他的头脑很清楚，他会找到她。

他放开了海马，他伸出了双手。

给我讲个故事吧，银儿。

哪个故事?

这一个。

一部分破碎一部分完好，你重新开始。

　　参观的人规规矩矩地排着队走下楼梯。导游回头看了看，想确认我们都跟着。在他把头转向前面的那一刻，我掏出我的小银钥匙，打开了我们厨房的门。

　　我悄悄地关上门，把自己锁在里面。远处，我听到导游在关灯塔的门。

　　之前，导游让我们挨个儿往里看了看这个凑合用的厨房，在这里普尤和我曾经吃了很多很多香肠。有凹痕的铜水壶已经失去了光泽，放在烧木柴的炉子上。那把普尤过去经常坐的细辐条靠背温莎椅在角落里。我坐的凳子靠着墙，看上去很干净。

　　"这是一种艰苦而孤独的生活，"导游说，"没有什么舒适的条件。"

　　"他们是怎么在那种东西上做饭的？"游客中有人问。

　　"微波炉不是幸福的保证。"我甩了一句。

所有人都对我瞪起了眼睛。

我不在乎，我已经有了自己的计划。

灯塔一年中有两次对公众开放。最后，我也不知道自己怎么就回来了。

现在，旅游车的发动机嗡嗡作响，正在离开，这里就剩下我一个人了。我心里有点儿期望狗狗吉姆会从门口跑进来。

我拉出墙边的凳子坐了下来。没有钟的嘀嗒声，这里是如此安静。我站起来，打开钟面盘下面的抽屉，取出钥匙，给钟上了发条。嘀嗒，嘀嗒，嘀嗒。这样好些了——好多了。时间又开始了。

炉门的把手处已经出现了红色的铁锈。我用力把它拉开，朝里看了看。二十年前，我在一大早离开的时候给炉子生了火，因为生火一直是我做的事。那堆火仍然在那儿，熄灭了，但仍然在那儿。我敲开导烟管通风口的活门，一阵灰和铁锈落了下来。但从快速的气流上我能感觉到通风口是通的。我划着火柴点燃了干的引火柴和纸，火很快就熊熊燃烧起来。水壶上的水渍受热后开始形成一层雾气，我抓起水壶，把它冲洗干净，又加满了水。我给自己沏了一壶二十年的茶——大力参孙。

光线变得微弱起来，正在失去颜色，变得透明。白天已经被耗得差不多了，星星开始显露出来。

我拿着一杯茶朝楼梯爬去，走过普尤的房间，爬到控制室，再来到整个围绕着灯的露台上。

我趴在栏杆上，朝外面望去。灯每四秒钟发出一道清晰的光柱，照过大海，也照过时间之海。

　　我以前经常看见这灯。在内陆，四面全是陆地，我漂泊着，不知道自己的位置，灯就是普尤所说的那种东西——标记、向导、安慰和警告。

　　突然，我看见了他。普尤在蓝色的船上。

　　"普尤！普尤！"

　　他举起了手。我跑下楼梯，来到防波堤上，他像以往一样正在那儿系船的缆绳，他的走了形的帽子遮住了他的眼睛。

　　"我还在想你啥时候会来这里呢。"他说。

　　普尤：独角兽、水银、透镜、操作杆、故事、灯光。

　　拉斯角灯塔里一直有个普尤，但不是同一个普尤?

　　我们聊了一夜，就好像我们从来没离开过这里，就好像那个伤心的日子和这一天被做成了一副铰链，背靠背，普尤和银儿，那时和现在。

"给我讲个故事吧。"普尤说。

"一本书、一只鸟、一座岛、一间小屋、一张小床、一只獾、一个开头……"

"你有没有告诉那个人我跟你说过的话？"普尤说。

"当你爱一个人的时候你应该说出来。"

"没错，就是这话，孩子。"

"我照你说的做了。"

"那就好，那就好。"

"我爱你，普尤。"

"这叫什么话呀，孩子？"

"我爱你。"

他笑了，眼睛像一条远方的船。"我也有个故事告诉你。"普尤说。

"什么？"

"品契小姐才是个孤儿。"

"品契小姐！"

"她从来就不是巴比·达克的后人，因为这事她从来没原谅过我们中的任何一个人。"

我又回到了栅栏街，躺在那条一只鸭子做成的鸭绒被下，躺在鸭子的绒毛、鸭子的脚、鸭子的嘴、玻璃般的鸭子眼睛和鸭子的翘尾巴下面，等待着黎明的到来。

　　我们是幸运的，甚至我们之中最倒霉的也是如此，因为黎明总是会来。

　　炉子里的火正在弱下来，外面有一种奇怪的寂静，仿佛大海停止了运动。不一会儿，我们听到一条狗在叫。

　　"那是狗狗吉姆，"普尤说，"你听，是它。"

　　"它还活着吗？"

　　"它还在叫呢。"

　　普尤站起来说："天快要亮了，银儿，我该走了。"

　　"你要去哪儿？"

　　普尤耸了耸肩说："这里、那里，或者别的什么地方，没个准儿，看是什么季节了。"

　　"我还会再见到你吗？"

　　"拉斯角的灯塔里总有个普尤。"

我看着他上了他的船，调正了舵柄。狗狗吉姆蹲在船头，摇着尾巴。普尤开始把船划离海边的岩石，就在那时候，太阳升了起来，照透了普尤和船。阳光强得我不得不遮住眼睛，而当我再看的时候，普尤和他的船已经不见了。

我在灯塔里一直待到白天将尽。当我离开的时候，太阳正在落下，一轮满月正在天空的另一边升起。我伸出双手，一手托着下沉的太阳，一手托着升起的月亮，我的白银，我的黄金，我的来自生活的馈赠，我的生活的禀赋。

我的生命是时间中的一个停顿，一个洞穴中的口子，一个需要一个词填补的空白。

这些就是我的故事——掠过时间的一道道闪光。

我会打电话给你，我们会点上炉火，喝点儿葡萄酒，在属于我们自己的地方彼此相认。不要等，不要在以后讲这故事。

生命是如此短暂。这一片海和沙滩，这海滩上的散步，在海潮淹没我们所做的一切之前。

我爱你。

这世界上最难的三个字。

可除此以外我还能说什么呢？

著作权合同登记号：图字 18-2019-155

图书在版编目（CIP）数据

守望灯塔 /（英）珍妮特·温特森
（Jeanette Winterson）著；侯毅凌译 . — 长沙：湖南
文艺出版社，2020.1
书名原文：Lighthousekeeping
ISBN 978-7-5404-9324-0

Ⅰ . ①守… Ⅱ . ①珍… ②侯… Ⅲ . ①长篇小说 – 英
国 – 现代 Ⅳ . ① I561.45

中国版本图书馆 CIP 数据核字（2019）第 133033 号

上架建议：畅销·外国文学

SHOUWANG DENGTA
守望灯塔

作　　者：[英]珍妮特·温特森
译　　者：侯毅凌
出 版 人：曾赛丰
责任编辑：薛　健　刘诗哲
监　　制：邢越超
策划编辑：董晓磊　毛昆仑
特约编辑：何琪琪
版权支持：姚珊珊
营销支持：傅婷婷　文刀刀　周　茜
版式设计：潘雪琴
封面设计：尚燕平
出　　版：湖南文艺出版社
　　　　　（长沙市雨花区东二环一段 508 号　邮编：410014）
网　　址：www.hnwy.net
印　　刷：三河市百盛印装有限公司
经　　销：新华书店
开　　本：880mm × 1270mm　1/32
字　　数：129 千字
印　　张：7.5
版　　次：2020 年 1 月第 1 版
印　　次：2020 年 1 月第 1 次印刷
书　　号：ISBN 978-7-5404-9324-0
定　　价：45.00 元

若有质量问题，请致电质量监督电话：010-59096394
团购电话：010-59320018